坐禅《ざぜん》ガール

田口ランディ

祥伝社文庫

目次

坐禅ガール

闇夜で階段を踏み外した時の感じだ。あるべき位置に床がなかった。

会場には隙間なくパイプ椅子が並び、椅子の数を上回る人たちがすし詰めになっていた。私は舞台に向かって歩いていた。妙だ。いきなりぬるっと足を取られた。重心を崩してよろめいた時、前に坐っている人の肩に触れてしまった。

「ごめんなさい」

謝ると、女性は振り向いて私を見た。

きれいな娘だと思った。きれいだが、生気のない顔だった。

住職の読経《どきょう》が終わってから、詩の朗読をすることになっていた。すでに友人のピアニストがスタンバイしている。東日本大震災からちょうど一年が経《た》った三月十一日、ささやかな慰霊祭を知人の僧侶のお寺で開催した。インターネットで告知しただけなのだが、予想以上に多くの人がお焼香《しょうこう》に来てくれた。半分以上が若い女性だった。

亡くなられた方々の霊を弔《とむら》いたい……。参列者は百人を超えていた。会場内の空気は、澄んでいた。悲しみは安らぎと共感に変わっていた。

ピアノの即興演奏とともに、現代語に書き直した仏教説話の朗読を終えると、もう夜も更《ふ》けていた。コートの前を合わせ、寒空のもと帰る人たちを見送ってお堂に戻るとまだ残っている人がいる。先ほどの娘だった。黒いダウンジャケットの背中がやけに心もとなく見え、近寄ってみると気配に驚いたようで青白い顔を向けた。

まことに、今風のアニメ顔だった。昨今では「美人」と呼んでもいいのだろう。

私はこういう顔を見るとネオテニーという言葉を思い出す。幼態成熟、幼児のような形態のまま成熟してしまった生き物。その小さい顔に対して目の占める割り合いは不自然なほど大きい。すっと通った鼻筋は美しいカーブを描き、割れた花びらのような唇に続いていた。鰓骨《えらぼね》のない柔らかな球体のような頰《ほお》。ふっくらした涙ぶくろは見事に左右均等で、愛くるしい子鹿のようだ。

「どうかしたのですか?」

声をかけても、彼女はただ呆《ほう》けたように私の顔を見つめるだけだ。

「具合でも悪いの?」

そっと肩に触れると、小動物のように身体《からだ》を震わせた。

「大丈夫です……」

か細い声でそう答えると、彼女は足元の荷物を持って立ち上がろうとした。年季の入った安物のビニール製旅行バッグと、汚れた紙の手提《さ》げ袋を二つ、不器用に手に持った。その紙袋には衣類がぎゅうぎゅうに詰め込まれていて、西新宿あたりにいるホームレスを思わせる。紐《ひも》の通しの部分が重さに耐えかねて少し破れている。よたよた数歩、進んだと思ったら案《あん》の定《じょう》、紐が外れて中味が散らばった。「あ……」と声を漏《も》らした彼女は、屈《かが》もうとして膝《ひざ》をついたまま動かなくなった。

なにやら訳ありなのだと思った。

こういう珍客は時たまあるので、私は手伝いの人を呼んで支えてもらい、彼女をお寺の二階の座敷に通した。されるがままに、彼女はふらふらと階段を上がり、四畳半ほどの談話室に入ると、敷かれた座布団の上にぺたんと坐った。

その坐り方が、なんともだらしない感じだった。身体に芯《しん》がない坐り方というのだろうか。

美しい顔は美しい身体を伴っている。しまりのない身体の上には、同じようにしまりのない顔が乗っているものだ。それがバランスというものである。長年の生活習慣や姿勢から骨格は作られる。顔も同じことだ。曲がった背骨の上に頭が乗っていれば顔は歪《ゆが》み、顎《あご》は突き出て頬肉は垂れ落ちていく。

美貌《びぼう》と格好が、あまりに不釣り合いだった。この人は肉体か精神のどちらかを患っているのかもしれない。

彼女はおずおずと、私の本の読者であると、本のタイトルを告げた。読者だと言いながらタイトルを間違える人も多いのだが、長ったらしい本の題名を正確に言った。ほう、ちゃんと読んではいるらしい。

「ひと目、先生にお会いしたいと思い来てしまいました」

そう言って、しおしおと頭《こうべ》を垂れた。

私の作品は、人間の内面のおぞましさを題材にしたものが多いゆえ、あえて手に取る読者はそう多くない。

この娘は、いったいどんな問題を抱《かか》えているのかしら、と思いつつ、私は彼女にお茶とお菓子をすすめた。

彼女はしばらく、もじもじとお菓子の包み紙を捩《ねじ》って黙っていた。顔を上げようとはしなかった。手肌は少し荒れていた。爪の生え際にささくれがあった。細くて貧弱な指だった。手の平もべたっと扁平。美貌に比《くら》べてずいぶんとおそまつな手である。

美人薄命という言葉があるが、あの諺《ことわざ》は美人は身体が弱いという意味じゃない。美し過ぎるゆえに人から嫉《ねた》まれるから薄命なのだ。

美人というのはおよそ肉体も健康なものである。健全な肉体の延長線上に顔はある。肉体のバランスがよければ顔のバランスもよいのである。そのようなよき遺伝子をもってして美人は誕生し、女優や、モデルとして活躍する。女優は長い科白《せりふ》を覚え、役の人格を表現するのであるから賢くなければ到底なれない職業。美とは肉体と智慧《ちえ》を伴うのであり、美人はおおむね長生きなはずである。でもまあ、たまには誤作動もあるのだろう。

観察することが生業《なりわい》のような私は、さらに、この娘の耳や、首などをしげしげと眺めていた。肌は、色素が足りないのではと思うほど白く、首筋など透きとおった白魚のようでなまめかしかった。タイツに走る伝線すら淫靡《いんび》。黒いダウンジャケットに、同じく黒いタートルネック。どちらも大手量販店で売っている安物だが、それも、美人が着るとそれなりに見栄《みば》えがする。

もう少し背筋をシャンとすれば、もっと顔が映《は》えるのに、顎《あご》をつき出した貧乏ったらしい猫背が、まことに残念だった。

「素晴らしいお話を、聞かせていただき、ありがとうございました」

もそもそと口の中で呟《つぶや》くと、彼女は上目遣いに私を見た。ひがみっぽい人間の目だと思った。これだけの美人ならもっと眼差しが気品に溢《あふ》れていてよいものなのに。

「どういたしまして。来てくださってうれしいわ。でも、もう遅いからお帰りになったほうがよいのではないの？」

じっと見つめると、困ったことに顔を手で覆《おお》いぽろぽろ泣き始めた。おやおやである。思い詰めてやって来た読者に泣かれることはままあるので、驚きはしない。かといって、同情するほど暇でもなかった。

感情に溺《おぼ》れている人を、私は「悲しみ温泉のお客」と呼んでいる。悲劇のヒロインよろしく、あかの他人の前でめそめそ泣いているような脆弱《ぜいじゃく》な自我に対して、私はかなり手厳しいほうだ。

彼女は、卓上にあったティッシュで目元を押さえ鼻をすすった。ほったらかしておくと、そのうち泣きやんだ。

心理カウンセラーではないし、悩みの相談に乗る義理はない。

この日が三月十一日でなかったら、深入りせずに追い返してしまったかもしれない。だが、さすがにこの日は、お釈迦《しゃか》様の説法などを偉そうに朗読した手前ぞんざいにもできず、この身体と顔が妙にちぐはぐな娘をどうしたものかと眺めていた。

頃合いを見計らって、そっけないくらいの口調で私は尋ねた。

「あなたが、なにか悩みを抱えていらっしゃることはわかりました……。震災でどなたか亡くされたのかしら?」

「はい……」

「お親しい方?」

「おつきあいをしていました……」

恋人を亡くした薄幸の美女ということか。

「そう。それはお辛かったわね」

適当に慰めて、さっさとお帰りいただこうと頷《うなず》いた瞬間、彼女は、思いもかけず私の右手を摑《つか》んだ。狐が取り憑《つ》いたとでも言うか、人間離れした俊敏さだった。手の冷たさに、きーんとこめかみが痛くなる。息を吞んで相手を見ると形相が変わり目が吊《つ》り上がっている。

「助けてください」

ぎゅっと指先に力がこもった。

「怖いんです……」

寒さで白くなった息が私の顔にかかった。べたべたした息だった。あまりに唐突だったので、不愉快と思う間もなかった。

「怖いって、亡くなった方がですか？」

彼女は首を振った。そして、言った。

「死んだら人はどうなりますか……」

「まさか、幽霊が怖いの？」

彼女はまた首を振った。そして、呟いた。

「眼が……」

私はふと、この女性の得体の知れなさに興味をもってしまった。ちゃぶ台の上に置いていた私の手を、いきなり鷲掴みしてきた。今のは考えてとった行動ではない。だとすれば、この娘は真実、助けを求めているのかもしれない。深い井戸の底から響く幽《かす》かな呼び聲《ごえ》を聞いた気がしたのだ。

なぜかその時、芥川龍之介《あくたがわりゅうのすけ》の「蜘蛛《くも》の糸」という小説のことを思い浮かべた。地獄に苦しむ悪人に糸を垂らした釈迦牟尼《むに》は、どんなお気持ちだったのだろうか。人を救うのが仏の仕事であるならば、救われぬ者のために地獄まで降りていけばよいものを……と、子ども心に思った。なぜ、蜘蛛の糸など垂らして高みの見物をするのだろう。慈悲とはそんな冷酷なものか、と。

「あなたは、とても混乱しているようね」

なるべく感情を削《そ》いで言葉にした。

「夜は、眠れているの？」

「あまり……眠れません」

「いつ頃から？」

ぼんやりと、光のない目が私を見返してきた。とても疲れているようだった。こういう人をこれまでも何度か見たことがある。心のエネルギーが切れている。あえて病名をつければ自律神経失調症というところか。

「亡くなった方の眼が怖い、おまけに眠れないんじゃ、困りましたね。いったいあなたに必要なのはなんでしょう。精神科医、カウンセラー、それとも霊媒師かしら。なんにしても、手もひどく冷たいし、もしかしてお腹もすいているんじゃないかしら。今日はこれからこちらのご住職と親睦会があるので、あなたも一緒に参加するといいわ」

私はそう言って、彼女に手を摑まれたまま、ゆっくりと立ち上がった。催眠術をかけられた人のように、彼女も立ち上がった。それでも手を離さないので、私はしかたなく細い手を、握り返した。

作家は小説を書くだけの仕事で、他には能がない。

創作以外の何かを求められてもたいへん困る。読者の期待に沿うような明快な悩み相談もできなければ、一瞬で気分を明るくするような魔法もかけられない。ヒーラーは世の中にたくさんいるのだから、そっちへ行ってほしいものだ。常々、そう思っているのだが、時たま、私が超常的な力をもっているように誤解して近寄って来る人がいる。

この娘も私の小説を読み、救いを求めて「東京慰霊祭」にやって来たのだろう。お門《かど》違いもよいところなのだが、あまりに心が荒《すさ》んでいる様子だったのでほっておくわけにもいかず、友人の住職に相談した。

お寺は日蓮宗《にちれんしゅう》だが、敷地内に大黒《だいこく》様もお祀《まつ》りしている。お祓《はら》いも祈禱《きとう》もするという人の善い住職なら、この娘をなんとかしてくれるだろうと思った。

「こちらの方が、震災で体調を崩されているようなんです」

内輪の懇親会の席でそのように紹介すると、卓を囲んでいた住職、友人のピアニスト、音響のスタッフなど、男たちは一斉に彼女の顔を見た。美人というのはこうも男の視線を吸い寄せるものかと、私は呆気《あっけ》に取られた。

女の私はどうやら他の女性の容貌に手厳しいようだ。すぐ、身体と顔のバランスが悪いなどと言い出す。男たちは、彼女の美貌を見て感銘し、声も出ないような始末だった。なので、私が気をきかして呪縛《じゅばく》を解いた。

「ね、美人でしょう」

正直者の住職は素直に頷いた。

「いやあ、おきれいな方だ。入って来られた時からそう思っていましたよ」

おやまあ。まったく男というものは。

内心ちょっと苦々しく思いながらも、平静を装《よそお》って注がれたビールを飲みほした。

心ここにあらずという感じで、ぼんやりしている彼女が、男の気を引くためにわざとしどけないポーズを取っているのではないか、私はふと自分が彼女をやっかんでいるのに気づき、我ながらあきれた。そういう女子高生のような心情が四十をとうに過ぎた自分に残っているとは意外だったからだ。

「あなた、お名前は？」

彼女は口ごもった。まあ、言いたくないのなら、言わなくてもよい。

「で、あなた、死んだら人はどうなるかと聞いていらしたけれど、亡くされた恋人のことが気になっているの？」

彼女は首を振った。

「まだ、見つかっていなくて……」

一瞬、場がしんとなった。全員の頭のなかにあの津波の映像が浮かんでいたに違いない。濁った水に呑み込まれ水底に沈んでいく人々。瓦礫《がれき》の下のもの言わぬ死体。

「そうなの……。でも、もう一年経つから、難しいわね」

こういう時にズケズケと本音を言う役回りはいつも自分だと思いつつ、私は素知らぬ顔で場の空気を現実に戻した。

「はい」

彼女は素直に頷いた。恋人の死を受け入れられない、というのではなさそうだった。

「ご遺体が見つからないから怖いの？」

「申しわけがなくて……」

「その、恋人に？」

「はい……」

なにか特別な事情があるのだと思った。恋しい相手であれば、幽霊になってでもいいから、会いに来てほしいと思うのが女心ではなかろうか。

同席していたピアニストの友人は「瞑想《めいそう》のピアニスト」の異名《いみよう》を持ち、コンサートは心の悩みを抱えた女性たちで満席になるという。天性の感受性をもつ彼は、これは手ごわいと予感したらしい。私にそっと目配《めくば》せをしてきた。

トイレに立つふりをして廊下に出ると、「あまり踏み込まないほうがいいぞ」と耳打ちされた。

「やっぱり、病気かしら?」

「様子が変だよ。自殺でもしそうな雰囲気だ」

「やめてよ、そんなこと言うのは」

「あの子は、普通の子じゃないな」

そりゃあ、あれだけの美貌だから普通ではない。

「私にはただの神経症に見えるけれど……」

優しいわりに皮肉屋の友人はにやにや笑って私の肩を叩《たた》いた。

「まあ、あなたが連れて来たんだから、あとはまかせた」

「ちょっと、そんなこと言わないで、私だって知らないわよ」

そんな問答があって、部屋に戻ると住職がまごついた様子で相手をしていた。この場にいる人たちはそれぞれに善人なので、このみすぼらしい奇妙な美女のことが気になるのだろう。

「それで、あなたどこから来たの？」

「どこから……」

「そう、東京の人？」

「千駄《せんだ》ケ谷《や》に……」

皆、顔を見合わせた。

「あら、近いじゃないの」

「……通っていました」

「いました、って、なんだい、過去形かい？　じゃあいまはどこに住んでいるの？」

住職がさらに問いただすと、「千葉……」と答えながら首をかしげる。

「千葉なの？　で、お名前はなんておっしゃるの？」

まさか、記憶喪失でもあるまいに、彼女は首を振った。

「よくわからないんです。自分が誰かわからないんです」

「でも、名前とか、住所くらいはわかるんでしょう？」

「それは、わかります」

「だったら、自分が誰かはわかっているじゃないの」

「いいえ、わからないんです。ぜんぜんわからないんです」

わからない、わからない、と繰り返しながら、彼女はまた突っ伏して泣き出してしまった。一同、やれやれという感じのため息をついた。身も心もすり減った中年には、若い者の自意識丸出しの態度が気恥ずかしくてたまらない。泣いちゃったねえ、という感じだ。で、どうなったかと言うと、泣きやまずふらふらしているこの美女を、あろうことか私が送ることになってしまった。

いたしかたなかった。その場に女は私と住職の細君《さいくん》しかいなかった。住職の細君は慰霊祭の後片づけで忙しい。他の男にまかせるよりは、女の私のほうが安心だろうということになるのは当然の成り行き。

まったく、とんだ災難だ。とにかく、早いところこのやっかい者を自宅に戻しておさらばしたかったので、私は大久保《おおくぼ》通りでタクシーを停めて、彼女を車内に押し込んだ。

「住所はどこ？　早くおっしゃい」

その時だ。また彼女が私の手首を握った。雪女のような白く冷たい手だった。腕がビリビリと痺《しび》れたようになり、私は気味が悪くて振りほどこうとしたが力が入らない。

「助けてください……」

細い身体から振り絞られた声は子どものように幼かった。どうにでも私の手を離さない。背筋がぞっとした。古井戸から這《は》い上がってきた幽霊に抱きつかれた心地《ここち》だ。

「困ったわねえ……」

運転手はイライラしている。行き先を告げなければならなかった。顔に寄ってきた彼女の髪が臭かった。排水溝に溜まった髪の毛を拭《ぬぐ》う時のいやあな気分を思い出し、こちらの足先まで冷えてきた。この子には怨霊《おんりょう》でも取り憑《つ》いているんじゃないかと思った。助けを求めていることはわかる。だが、それがなぜよりによって私なのか。まったく理不尽だなと思いつつ、私はあきらめて運転手に自分の家の住所を告げた。行き先が武蔵野《むさしの》とわかり、急に機嫌が良くなった運転手は「気分が悪くなったらいつでも止めますから」とお愛想を言った。

車の中で、彼女は脱魂《だっこん》したように宙を見ていた。

あの日、階段を踏み外した気がしたのは、私がうっかりと彼女の闇に入ってしまったからではないか。この世の中にはたくさんの見えない穴が開いており、それが人の心の奥底に繋《つな》がっていたりするのである。

私の家族は、時たまやって来る珍客には慣れていたので、お客を連れて帰ると電話をすると客間に布団を敷いて待っていた。

「若い子をそんなに飲ませちゃいけないね」

玄関を開けてくれた夫にそう言われ、めんどくさいので「はいはい」と返事をした。黒ずくめの彼女が、靴だけはとても高価そうな革のデッキシューズを履《は》いており、しかも色が赤で、脱ぎ散らされて三和土《たたき》の上にハの字に転がった。

私は片手に彼女の荷物を持ち、廊下の奥の六畳間まで彼女を引っ張っていきながら、なんだか腹を立てていた。

「ここに寝なさいな」

彼女は黙って頷いた。

「これ、飲んで」

いつも自分が眠れない時に服用している安眠剤を二錠、水と一緒に渡した。

「大丈夫。私も飲んでいるものだから。よく眠れるわよ」

彼女が薬を飲むのを見届けてから、私は部屋を出た。

しばらくして覗《のぞ》きに行くと、おとなしく布団に入って眠っていた。枕の上にちょこんと乗った顔は精巧《せいこう》なアンドロイドみたいだ。掛け布団をめくって足に触ると雪山の遭難者かと思うほど冷たかった。まったく近ごろの娘はみんな冷え性なのに薄着なんだから。仕方がないのでお湯をわかして湯たんぽを入れてやった。

彼女はその晩からほとんど丸一日、寝たきりだった。

薬が効き過ぎたのだろうか、よくもまあこんなに眠るものだと思うほど、よく寝ていた。いったい何があったのかは知らないが、眠ればよい。眠れば人生の大半はどうにかなるものだという根拠なき確信が私にはあった。

我が夫も彼女の寝顔を見て「すごい美人だな」と鼻の下を伸ばしている。類は友を呼ぶというか、私の友人に「すごい美人」は皆無《かいむ》なので、顔がきれいだというだけで、男どもがこれほど女に興味をもつことに改めて驚いた。美人は私の想像できぬ人生を送っているのであろう。それが幸か不幸かは、美人でない私にはさっぱりわからないが……。

とにかく、彼女の心身は眠るだけの健全さを保っているのだから、重篤《じゅうとく》な精神病ではないだろう。なにか悩みがあり、しかもそれはとても深い悩みであり、もしかしたらその悩みが、あまりにも彼女の心の根っこの部分を侵食しているため、本人ですら気づけないのかもしれない。

私は鼻が利《き》くほうだ。霊感などという怪しいものではなく、長年、しつこく人間を観察して得た直感のたぐいである。この娘は根本的ななにかが欠けている。えのきみたいにへなへなしている。根性がなく依存心も強そうだ。だから触れられた時にべたべたして気色悪かったのだろう。

「うー。くわばら、くわばら」

寝返りを打ち夜具にもぐってみたものの、目が冴《さ》えてなかなか寝つけない。

自分に歪みがあるから、あんな妙な娘を引っかけてしまうのではないか。きれいに磨かれた球であればドブ川に浮かべてもするすると流れていく。でこぼこがあるから引っかかる。私にはあの娘を引き寄せる何かがあるのか。お堂の通路で、ぬるっと足を取られた時の感触が甦《よみがえ》る。

犬も歩けば棒に当たるか……。ちょっとズレている気もしたがこの諺が浮かんでしまった。犬になった私がわんわんと淋《さび》しげに吠えている。

負け犬の遠吠え……。ああもう、ろくなことを思いつかない。

まだ空も薄暗いのに庭でがさがさと物音がする。

なんだろうと起き出して、ガラス窓越しに下を見ると、あの娘が、生け垣のなかでじゃあじゃあと用を足しているではないか。

なんてことを、はしたない！

慌てて下へ降りてゆくと、彼女は裸足《はだし》のまま庭先に立っていた。しかもTシャツにパンティ姿だった。

「すみません……、トイレに行きたくなって……場所がわからなくて」

私は思わず吹き出した。

この「すごい美人」の名前は、松下《まつした》りん子《こ》と言った。

名前だけは、女優のようだ。

「ほんわかキッチン」は千駄ヶ谷にある自然食のお弁当屋さんです。

自然農法の安心な素材で作っているため、雑誌にも取り上げられたことがあるんですよ。常連さんもたくさんついています。

私は、このお店のカウンターでお弁当を売っていました。

私以外のスタッフはみんな近所に住んでいる家族持ちのおばさんたち。給料は安いけど、たくさん賄《まかな》いが食べられる気がねのいらない職場だったし、ここのお弁当はほんとうに心をこめて作られていておいしいのです。

おばさんたちはみんなおおらか。下町の人らしいさばさばしたあったかさがあって、働いていて心地よかった。

「あんたみたいな器量よしが、なんでこんなとこにいるんだか……」

そう言って「もっと給料のいいとこあるよ」と、水商売への転職をすすめてくれる人もいました。

「銀座とかだって、あんたならいけるわよ」

「そうそう。芸能事務所とかにスカウトされるかもよ」

そういう時、私は笑って聞き流すことにしています。確かに、喉《のど》から手が出るほどお金は欲しかった。引っ越しをしてなけなしの貯金を全部はたいてしまった後だったし……。でも、銀座なんて絶対に無理。私はお酒が飲めないし口下手だから、男の人の隣に坐ってお酌《しゃく》をするなんて、想像しただけで倒れそうです。

ずいぶん前、まだ、かつての私だったころに、一度だけ国立競技場にコンサートを観《み》に来たことがあったのです。人気絶頂の超アイドルグループだったから、終了したあともすごい熱気で、みんな声が嗄《か》れるまで盛り上がっちゃって、道路も人でいっぱいになって、もう押すな押すなって感じ。グループで集まって気勢を上げていました。

私は一人だった。熱烈なファンの女の子たちが発するキラキラの渦の中には入れなかった。耳の奥がぐわんぐわんして、なんだか気分が悪くなって、ぼんやりしていたら道に迷っちゃって、どうしようどうしようって、ぐるぐる歩いていたら古い商店街があって、へえ、こんな都会にも田舎《いなか》みたいな商店街があるんだなって、それが意外でした。

新しい仕事を探す時に、都心でも、ひっそりしたところがいいなって思って、ふと頭に浮かんだのが、千駄ヶ谷だった。

彼は、「ほんわかキッチン」の常連さんでした。

よくお弁当を買いに来ていました。

近所の会社に勤めているらしかった。スーツを着ている時もあれば、ラフなジーンズ姿の時もあり、どんな仕事の人なのかよくわからなかった。ただ、冬でも日焼けしていた。どちらかといえば都会は色白の人が多いから、「色の黒い人」というのが最初の印象。

その日も彼は、昼過ぎにやってきて「本日の特別ランチ」を注文しました。

「ひじきサラダもつけてくれる?」

と言うのでそれもつけてビニール袋に入れたお弁当を差し出すと、彼は受けとりながら、じっと私の顔を見つめました。目を合わせないようにしているのに、くるくると視線が追ってくる。見つめられるのは苦手。うれしいけど、怖い。ああ、なにか、気のきいたことを言わなくちゃ。

「……よく焼けてますね」

目を伏せたまま、レシートを渡した。

「あ、これ、ヨット焼け……」

前歯が大きくて、笑った顔がリスみたい。

「かっこいいですね、ヨットなんて」

「乗ったことありますか?」

「まさか」

「こんど、乗りませんか?」

「え?」

おばさんたちが、一斉に聞き耳を立てているのがわかる。

「おもしろいんだけどなあ」

「泳げないし」

「泳がなくていいんです、ヨットなんだから」

「海、でしょう?」

「海です。海はいいですよ、海に行くとスカーッとします」

「けっこうです……そんな」

すると、おばさんたちが口々に言った。「海だって」「ヨットだって」「すごーい」「行ってらっしゃいよ」「あーうらやましい」「あたしが行くわよ」「若大将だね」「古いわねえ」

大騒ぎになった時、彼がおばさんたちを制して一声叫んだ。

「ね、行きましょう!」

初デートは逗子《ずし》マリーナ。

霞《かす》んだような空と、少し濁《にご》った海でした。

たくさんのヨット、立ち並ぶ白いマスト、ヤシの木。ここだけ外国みたいだった。行ったことはないけど、映画で観たカリフォルニアみたいな景色。クラブハウスには年配の男たちがたむろして昼からビールを飲んでる。赤い髪、日焼けしすぎて目が銀色。外人みたい。赤や青のウィンドパーカー。腕にはいろんな機能がいっぱい付いて重たそうな腕時計。高価そうなアウトドア仕様のバッグ。丈《たけ》の短いパンツ。すね毛。裸足に革のデッキシューズ。

「水着、持ってきた?」

用意はしてきたけど、本当に着替えるとは思っていなかった。まだ初夏で、ちょっと寒そうだったし。

「まさか、水には入りませんよね？」

彼はきょとんとした。

「落ちなければ」

ディンギーという小さなヨットに乗せてもらった。防水のジャケットを着て、ライフベストをつけて、私はただ、キャーキャー言って船にしがみついていただけだった。白いセールがぶんぶん風を切って、波のしぶきを浴びてずぶ濡れになった。楽しいというよりも、緊張で吐きそうだった。

「陽射《ひざ》しが……ダメなんです」

泣きそうになりながらそう言うと、彼はびっくりしてセールを緩《ゆる》めた。

「陽に当たると肌が……」

「ごめんごめん」

ヨットは方向転換した。小さな無人の湾にたどり着くと、風も凪《な》ぎ、静かになった。

岸辺に近い木かげに船を寄せて二人っきりになると、お互いの距離がすごく近い。目を合わせられなくて、二人で海を見た。

磯の香りがする。水面に緑が映ってぬらぬらしていた。

私は自分の頬を何度も押さえた。

「冷やす?」と彼がペットボトルの水をくれた。きいきいと鳴きながら鳥が飛び立って、木々がさわさわ揺れた。

「お店のお弁当、おいしいよね」

足元のロープをたぐり寄せながら彼が言った。

「店長が、こだわりの人なんです」

「どうして、あの店に?」

「え?」

「……っていうか、つまり、あなたみたいなきれいな人がどうしてお弁当屋さんに……っていう質問も変だよね」

私は、どういう場所で働いていたら私らしいんだろう。答えられずに黙っていると、彼は心配そうに言った。

「あ、気を悪くした?」

「いいえ……。以前は千葉にいたんです。ちょっと事情があって仕事を辞めて、それで、アルバイト情報を見てあのお店に……。食べ物のお店なら、ごはんには困らないと思って」

彼はあははははって屈託《くったく》なく笑った。

「確かに！　その通り」

「でも、少し太っちゃいました」

アンカーとしてはちょうどいい重さですよ」

アンカーってなにかわからなくて、きょとんとしていると「錨《いかり》」って教えてくれた。

「ま、ひどい」

笑う時に口を押さえる癖《くせ》が抜けない。気がついて、私は歯を見せて笑った。彼と二人で、大きな口を開けて、あはははははって。

加山雄三《かやまゆうぞう》が乗ってるような、ああいう大きなのがヨットだと思っていたけど、大きいのはクルーザーって言うらしい。クルーザーはお金持ちの道楽なのだそうだ。風を受けて帆で走らなければヨットじゃない、と彼は力説していました。

彼が乗っているレース用のヨットは、重量を軽くするためにトイレすらついてないんですって。

「じゃあ、トイレはどうするんですか？」

「ヨットにつかまって海にポトン」

ヨットハーバーは迷路みたいに広くて迷子になりそうでした。彼はすれ違う何人かと「オス！」と挨拶《あいさつ》していた。「デートか？」と冷やかす人もいた。

ふだん会えない別世界の男の人たち。金のチェーンネックレス、レイバンのサングラス、船乗りの帽子、ウエストポーチ、ビーサンか革のデッキシューズをつっかけて、みんな真っ黒。私のことをじろじろ見ていく。

異国のような風景を眺めながら堤防に坐っていると、艇庫にヨットを片づけた彼が戻って来て、居酒屋がいいか、カフェがいいか、って訊く。「居酒屋」と答えると、よっしゃ、と手を差し出されたので、その手につかまって立ち上がると、彼は握ったまま歩き出しました。

ちらっと彼を見ると、彼もこっちを見た。

照れ臭かったけど、ま、いいかと思った。こういうこと、いつかしてみたいと思っていたから、夢が叶《かな》ってうれしかったんです。

彼はうれしそうに私の手をぶんぶんと振り回しながら、「うーみよ、オレのうーみよ」と歌い出しました。

あちこちから、ピューピューと口笛が鳴って、赤ら顔の男たちが「うまくやれよー」とちゃかしていた。

彼はね、明るかったの。まぶしいくらい、明るくて、健やかだった。この人と一緒にいれば大丈夫な気がした。自分も同じように明るくて、健やかな人間になれる。

私だって、きっと幸せになれる。

そう思わせてくれたのが、彼でした。

幸せって、続かないものです。

つきあいだしてすぐに、彼は転勤しました。

その転勤は、予定よりもずっと長引いたんです。

東北大学の研究所にシステムエンジニアとして派遣されて、未来なんとかプロジェクトという国の予算を使った大規模な仕事をまかされたそうです。必ず戻って来ることはわかっていたけれど、わかっていても、会えないことが辛《つら》かった。つきあい始めてまだ、半年しか経《た》っていなかったのだもの……。

仙台と東京を行き来する回数は、最初は月に二回、そのうち、一回になり、とうとう二ケ月に一回になった。

理由は、金銭的な問題もあるけれど、それ以上にお互いの予定をすり合わせることができなくなったから。

転勤先で、彼には新しい人間関係ができたんです。

地元のヨットクラブに入ってレースに出るようになったんだよって、うれしそうに話す彼を見て不安になった。レースは主に土日にあり、彼は私にも見に来るように言ったけど、私はできれば、彼と二人で過ごしたかったんだ。

ヨットレースは男の世界。やっている本人たちは、そりゃあ楽しいかもしれないけれど、陸で見ている私にとってはたいくつでした。

プワーンと気の抜けたラッパが鳴って、海の上を白い帆が行きつ戻りつする。風のない時なんかまるで動かない。何時間も、炎天下でレースが終わるのを待った。日焼け止めクリームを一本丸ごと塗りたくり、サングラスをして、幾重《いくえ》にもスカーフで顔を覆って、日傘を差して、UVカットの手袋をして、桟橋《さんばし》に立っていた。

「今日はベタ凪《なぎ》で最低だった」

ようやく戻ってきたヨットの上で、ロープを巻いたり、帆を畳んだりしている彼を、私はぼんやり見ているしかなかった。手の出しようがないのだもの。

片づけが終わったあとはメンバーとの飲み会があり、慣れた手つきで宴会の準備をする彼の仲間たち。私はただ、うろうろするばかり。

「ジブセール、新しいのに替えないとダメだな」

「次のミニトンのレースだけど……」

会話の中のヨット用語がわからない。ちんぷんかんぷん。

私は遠目に彼を見てニコニコしていた。

「来週、会いたいな」って言うと「あ、その日はレースが」……と、言われることが増えた。

レースは嫌い。私には海の強い陽射しが凶器に思える。

でも、東京よりも仙台のほうが、遊ぶのには好都合らしく、彼は大好きな海にどんどんのめり込んでいきました。それに反比例して会う機会は減ってゆき、私はだんだん苦しくなった。彼のことを思うと、胃のあたりがずんと重くて、首筋が硬くなって、頭が痺《しび》れてくる。そうやって一年が経ってしまった頃、私は……なぜか、とても怒っていました。

怒りはぷすぷすと、私の言動……短いメールのやりとりや、電話の受け答えに染み出してきた。つまらないことで諍《いさか》いが起こり、そのたびに私は自分を責めた。こんなことで怒ってはだめ。優しくしないと嫌われてしまう。

どうしたら、もっと好きになってもらえるだろう。返事が来なくても、私は毎日、メールを送りました。忘れられないように。そして返事が来ないと失望し、反省し、またメールを送りました。そんなことを繰り返しているうちに、淋しくて、淋しくて、心がどんどん痩《や》せ細っていってしまいました。

彼のヨット仲間に入れてもらった時は、うれしかったなあ。

「松下《まつした》りん子《こ》さん」と彼が私を紹介すると、誰かが「女優さんみたい……」ってため息をついたんです。私の名前はよくそう言われます。みんなの眼が怖くて、私は、思わず彼の背中に隠れました。

おずおず頭を下げると、みんなも「どうも……」「よろしく」と挨拶をしながら、やっぱりいつまでも私の顔を見ていました。

彼は私をどう扱っていいかわからないみたいだった。私もどうしていいかわからなくて、彼の後ばっかりくっついてた。男の人たちは私にパラソルを立ててくれたり、デッキチェアを出してくれたり親切でした。「お姫さま」と冗談で呼ぶ人もいた。私は、彼と一緒にヨットに乗っているクルーの女性たちとは違い、いつもお客様扱い。なんとなくよそ者な感じ。どうやって打ち解《と》けてよいかわからなくて、ただ黙って笑っていた。

レースが終わって、ハーバーから、彼の車で帰る時は、すごくほっとしました。ああ、やっと二人きりになれる。私だけの彼になる。車内は海遊びの道具でぎゅうぎゅう。潮《しお》っぽい匂いがして、シートはじめじめして砂まみれ、かかっている曲はいつもサザン。でも、私が一番安心できる空間だった。

「真夏の果実」が彼のお気に入り。この曲を聞きながら、二人で海沿いを走っていると胸がいっぱいになったな。

四六時中も好きと言って
夢の中へ連れて行って

「疲れた?」

「ううん、大丈夫」

ある時、彼が私に赤い革のデッキシューズをプレゼントしてくれた。みんながヨットの上で履いているものだった。

「これが一番、滑らないんだ」

彼と色違い。私はめったにヨットには乗らないから普段履きになってしまうけど、嬉しかった。ほんとは、一緒に乗ってほしいのかな。きっとそうなんだろうな。だけど、あんな炎天下に長時間、しかも潮風にさらされるなんて、私にはとても無理。

彼の部屋に行き、シャワーを浴びる。二人でビールを飲む。そして彼のヨットの話を聞き、それから彼のベッドに入る。いつも彼が先にごろんと横になって「来いよ」と言う。

私は黙って電気を消して隣に潜《もぐ》り込む。

「真っ暗でなにも見えないよ」彼は不服そうだ。

「だって、明るいの、恥ずかしいもの」

「もっとよく見たいのに」

「だめ、絶対にだめ」

私が、初めてだったことは、彼にとって衝撃だったみたい。

そうです。彼は私にとって正真正銘、最初の恋人でした。そういうことは、それまで経験したことがなかったから、どうしていいかわからなかったので、かちんかちんに緊張して、なかなか受け入れられなかった。

彼は女の人とはそれなりに経験が豊富そうで、無理なことはなにもせず、最初の夜はうまくいかなくても焦《あせ》ったりもせず、ずっと二人で抱き合って、いつしか眠って、朝になった。

朝、彼はもう一度、試そうとした。

私は怖くなって彼に背を向けた。彼は後ろから抱いて私に入ってきた。少し痛かったけど、がまんして受け入れた。顔を見られずにすんだから、ほっとして、触られているうちに少しずつ気持ちよくなってきて……。途中、彼は避妊具を自分でつけて、ぐんぐん押しつけてきたんだけど、行為の後に血が出たので、びっくりしていた。

「はじめて?」

と、聞かれたけど、どう答えていいかわからないので黙っていた。

「そっか……」と呟くと、彼はとっても優しく抱きしめてくれた。

私の身体は、どこも変じゃなかったのだ。ほっとしました。ふつうの身体だったんだ。よかった。安心して涙が出ました。

「なんで、泣いてるの?」

「うれしいから……」

彼は、「かわいい」と言って何度もぎゅうっと抱いてくれました。

「りんちゃんは、ちっちゃな子どもみたいだ。壊れちゃいそうだ」

ああ、私はずっとこれを求めていたんだと喜びで気が遠くなりそうでした。これ、これよ、この「ぎゅうっ」って抱きしめられるこの感じを、私はずっとずっとずっと、待ち望んでいたの。やっと、やっとその瞬間がやって来たんだ。神様、ありがとうございます……って。

二人だけの夜がずっと続けばいいのに。私は朝が嫌い。

「ぎゅうっ」が終わってしまうから。

彼と離れ離れになって、また「松下りん子」を演じなくちゃならないから。

もっと一緒にくっついていたいのに、彼は「腹へったな」って起き上がろうとする。

「ほら、天気いいぞ」

いや。間近に顔を見られるのがいや。光を浴びるのがいや。

だから、慌てて彼よりも先に起きてシャワーを浴びる。洗面所で顔を洗って、着替えて、コーヒーを淹《い》れる。コーヒーの淹れ方は彼に教わった。私は豆の挽《ひ》き方すら知らなかった。いろんなことを彼に教わった。

朝ごはんはいつも彼が作った。トーストと、オムレツと、サラダ。のんびりしているうちに昼になって、午後の新幹線で東京に戻る。新幹線のホームまで送ってもらう。ドア越しにさようならをして、座席に着く。
シートに腰を降ろすと、ふうっとため息が漏れる。
暗い車窓を眺めながら、とても重苦しい気持ちになる。
彼は……どうして、私を選んだんだろう。
他にいくらでも女の人はいるのに、なぜ私だったんだろう。
彼と離れると、私はいつもそのことを考えました。
いったい、私のどこが良かったんだろう、って。

ヨット仲間からは「東京の彼女」って呼ばれていました。
でも、その呼ばれ方はあまり好きじゃなかったな。
「東京の彼女さんは、何を飲みますか？」
その日はバーベキューパーティーで、鉄板の上で焼かれているイカやエビが香ばしい香りを立てていたけど、私はバーベキューが嫌い……というより、ああいう場での社交が苦手。

話しかけてきたのは、彼と同じヨットに乗っていて（彼らは仲間をクルーと呼ぶ）みんなから「もっちゃん」と呼ばれている女性でした。髪が茶色に焼けていて、オペラピンクの口紅が猫の舌みたいになまめかしく見えた。耳たぶもこんがりトースト色で金のピアスがよく似合う。

私はその日も、日焼け止めの厚化粧をして、スカーフを被り、紫外線を浴びないようにと必死でした。

「日焼け、そんなにダメなんすか？」

その口調にはちょっと刺《とげ》があって、バカにされてるんだってわかった。

「紫外線過敏症で……」

「美人はたいへんですね。私なんかもう真っ黒、シミだらけ」

そう言ってへへっと笑い、枝豆を食べ、ごくごく豪快にビールを飲んで見せた。私はちょっとお高い女だと思われているのだ。わざと雑な女を演じる彼女の態度からそれくらいの想像はできました。

同じヨットのクルー同士は、特別な家族的な関係をもっているらしく、もっちゃんも彼の名前を呼び捨てにしていた。その呼び方にわざとらしさを感じたのは私のひがみのせいなのかしら。ほら、あなたより私のほうがずっと親密なのよって、見せびらかされているような感じ。

「ほらほら、彼女さんつまんなそうだよ」

彼の脇腹を突《つ》いて、もっちゃんが私を見る。うん、ああ、と彼は私を見て「どう、食べてる?」と自分の持っていた焼きそばを差し出した。

二人が同じフレームの中にいた。とても、似あっていました。

「平気」と焼きそばを押しのけて、私はその場から離れた。

そういう私を周りの人たちがそっと目で追っているのがわかる。

私のまわりには見えない膜があって、その膜を通してしか外の世界に触れられない感じ。この感じは、今、始まったことじゃない。ずっと前からそうだった。子どもの頃からそうだった。

私はいつも、こっち側にいて、外の人たちがみんな楽しそうに会話を愉《たの》しんでいるのを、見ているだけだった。けっして、あの楽しい雰囲気の中には入って行けない。でも、きっとそれは自分のせいだと思っていました。

私が変われればいいんだ。いつか私もあんなふうに、他愛ないことを面白がって、けらけら笑い、遠慮なく彼と冗談が言いあえるようになれる。きっとなれる、私が変われば……。

たぶんね、人間には二通りのタイプがいるんです。

生まれながらに自信をもっている人と、そうでない人。自分がなにをしたいかはっきりわかっている人と、なにをしていいのかわからない人。

彼は、いつだって彼だったなあ。

自分の人生をとても楽しんでいた。仕事も遊びも一生懸命。一生懸命に生きていた。そういう人だった。

だけど、私のことはどうだったんだろう。私にも一生懸命だったのかしら。

私は淋しかった。とっても淋しかった。つきあい始めてすぐに転勤してしまうんだもの。もっと会いたい、もっとそばにいたい、もっと、もっと、もっと。だって、私のことを見つけて、声をかけたのはあなたでしょう。離れていかないで。私を置いて一人でどこかへ行かないで。

ある日、美容院で女性誌を読んでいた私はショックを受けました。

〈男の人は狩人だから、なかなか仕留められない獲物に燃えるものなのです。簡単に相手に夢中になると、すぐ飽《あ》きられてしまいますよ〉

これか！　と思った。ぽんと肩を叩かれて、振り向いたとたん彼に夢中になってしまった私。何も考えず、夢中で飛びつきしっぽを振って、顔をべろべろ舐《な》めてしまった感じです。ああ、私は、恋愛の駆け引きが下手だったのだ。

〈あんまりあっさりと口説《くど》かれてしまうと、男はやる気をなくしてしまいます〉

そうなのか、私は彼にとって、まるっきり危機感のない恋人になってしまったんだ。恋愛アドバイザーの文章に深く納得しました。それまでもけっしてマメじゃなかった彼のメールがさらに間遠になったのは、私に飽きたからなのか。

プロジェクトが難航していて忙しい……というのが彼の言い分。残業も多いし、もうへとへとだよ。

そう言われたら文句も言えず、不満を抑《おさ》えて彼を励《はげ》ますけなげな私。

「がんばってね、ファイトだよ！」

メールで優しい言葉を送れば送るほど、見返りに返事をくれない彼に苛立《いらだ》ってしまいます。メールしたら返事して。返事がほしいからメールしてるのに、なんで返事くれないの、ひどいじゃない。自分から口説いておいて、なによ。

もっとそばにいて、もっとかまって、私を好きになって……。

それはつまり、ヨットと私とどっちが大事なの？　ってことで、聞かずとも答えはわかっていました。彼はヨットが好き、ヨットが楽しい。レースに出たい。

じゃあ、私はどうなるの？

ヨットなんかやめて、私との時間を作りなさいとは、言えない。

「ほんとうはもう、会いたくないんじゃないのですか？」

つい、そんなメールを出して気持ちを確かめたくなる私。

すると彼は慌てて、ご機嫌取りのメールをよこす。

「来月はレースないし、東京で会おうか？」とかね。

私はまた、カチンとくる。レースがないから会うわけね。レースがあったらレース優先なんじゃないの、と。

一度いじけてしまうと、何を言われても腹立たしい。要するに、私は彼にとってどうでもいい女なんだな。私の存在って彼にとってはその程度のものなんだ。私はこんなに彼のことが好きなのに、彼にとって私はなんなの？

私の気持ちをわかってくれない彼が、憎らしくなった。

淋しいのは私だけなの？

私は淋しいのに、あなたは淋しくないの？

あなたにも淋しがってほしい、もっと私を求めてほしい。私と同じくらい私を好きになってほしい。私の気持ちなんか考えもしないで、仲間たちと楽しくバカ話をしている彼を見ているとイライラする。なによ、忙しいとか言いながら、仲間と飲む時間はあるんじゃないの。

いつしか、彼を許せなくなっていました。

会いたくてたまらないのに、会うまでの時間はずっと怒っていた。会っている時は幸せ。ずっと一緒にいたい。別れるのが怖い。次はいつ会えるのかわからない。不安。ひどいよ、こんなに私を悲しくさせて。どうしてもっと、私のことを大切にしてくれないんだろう。考えると苦しくてせつなくて、こんなにも私を苦しめる彼が憎らしかった。

どうして、あの人は、私を口説いたりしたんでしょう。こんなに苦しいなら、出会わないほうがずっとよかった。だけど、もう後戻りなんかできない。だって、好きになってしまったのだもの。

私を好きだと言ったなら、私を離さないで。

私はそう言いたかった。あなたのそばにいさせて。

私をもっと愛して。お願いだから……。


松下りん子の話は、さっぱり要領をえなかった。

根掘り葉掘りと探《さぐ》りを入れてみたのだが、素性《すじょう》が知れない。やたらと重苦しい女だった。

なにを悩んでいるのか知らないけれど、外に吐き出してしまえばもっと楽になるのに。

「具合はどう？」

「はい、ご迷惑をおかけしてすみません」

「別に大した迷惑じゃないからいいけど……」

「ありがとうございます、ご恩は一生忘れません」

そういう問題ではなく、もっと気持ちをしゃんとしなさい、と思わず言いたくなるのを抑えて、私はりん子に食べさせるお粥《かゆ》を炊《た》いた。お粥くらいしか喉を通らない様子だった。なんだって私が締め切り前のこのクソ忙しい時に、見ず知らずの娘のお粥なんかつくってなくちゃならないのかしら。理不尽極まりないと思いつつ、これが浮世の人間なのだと自分に説《と》いた。

糸を垂らして、ぷつっと切れたらさようなら、そんなことは不器用な人間にはできやしない。娑婆《しゃば》の世界で生きるには、金と食べ物と寝床が必要なのだ。天上にいるお釈迦様にはわかるまい。

それから、ふと思った。いや、違うか。もしかしたら私の目の前に垂れ下がった蜘蛛の糸が、この娘なのか。だとしたら、お釈迦様もずいぶんとお人が悪いことよ。

りん子は出されたお粥を黙って食べた。

「おかわりもあるわよ」

「すみません」

口を開けば「すみません」「ご迷惑ばかりおかけして」と言うのだが、それも本心なのかどうなのか。言葉だけが上滑りして、ちっともこちらの心に届いて来ない。

「おい、あの子、もしかして心の病いかい?」

を伸ばしていることに、嫌悪感を覚えた。

と、夫も気になる様子。

「いつまで置いとくの？」

「さあて……私にも皆目《かいもく》わかりません」

夫はまんざらでもない様子だった。もう六十も近い夫が、美人が家にいるだけで鼻の下を伸ばしていることに、嫌悪感を覚えた。

大学生の娘はしきりに「めっちゃ美人、すげえ美人」と繰り返していた。

「美人だからって、幸せってわけじゃないみたいよ」

「でもあの人、タレントみたいよ」

「タレントなんて無理よ、姿勢が悪過ぎるもの」

「いいなあ、私もあんな美人に生まれたかったな。なんで私はお母さん似なのかしら」

たかが美人というだけで、あんなふぬけた女を羨《うらや》ましがる我が子が情けない。

夫は会社勤めなので、昼の間は私とりん子と二人になった。りん子は書棚にあった私の本など読んでは寝て、読んでは寝てを繰り返していた。

「あなた、お家《うち》に連絡しなくても大丈夫なの？」

心配になって尋ねると「一人ですから」とのこと。

「ご両親は？」

「父は亡くなり、母は施設に入っています」

母親は認知症が重くなり特別養護老人ホームに入所しているとのこと。もう娘の顔すらわからなくなっているのだと言う。以前は「ほんわかキッチン」という千駄ヶ谷の自然食の弁当屋に勤めていたそうだが、どうやらその店もなにかの事情があってクビになったらしい。

「先生に会ったら、自分がどうしたらいいのかわかるような気がして、お寺に行ったんです」

私はため息をついた。

「申し訳ないけれど、それは小説家の仕事じゃなく、医者か、僧侶か、神父の仕事だから。あなたも、どこか精神科に行ってみたほうがよいかもしれないわね」

「いつも不安で……」

「不安な人は不安でいないと不安なものよ」

「先生、私はビョーキでしょうか？」

「そうねえ、一歩手前くらいかしら……」

一歩手前という言葉に、りん子はうっすらと笑った。なにが可笑《おか》しかったのかよくわからなかった。

「いっそのこと、記憶喪失になってしまったら、どんなに楽かなって思うんです。そうしたら、きれいさっぱりと新しい自分になれますものね」

「新しいものだってすぐ古くなるのよ。生まれちゃったらこの自分で死ぬまでやってくしかないのよ」

りん子は黙って聞いていた。言い過ぎたかな、と少し後悔したが、きれいさっぱり新しい自分になりたいなどという、そういう甘ったれた自意識の有り様がどうにもやりきれなくイライラしてしまったのである。ゲームじゃあるまいし、うまくいかないからやり直しなんてこと、人生ではできないのよ。まったく近ごろの若い者は、なんでもリセットできると思っているのだから。

りん子は、その夜もお粥を一口、二口食べただけだった。私はりんごをむいてやりながら、なんで私がりん子にりんごなんかむいて食べさせようとしているのか、自分の親切の出所《でどころ》がわからず、りんこにりんごかい、と言葉のゴロの良さに苦笑していた。

三日目の朝、ようやくりん子は荷物をまとめて出ていく準備を始めた。

「お世話になりました」

そう挨拶されてほっとはしたものの、なにか気持ちがそわそわする。

「あなた、行くところあるの?」

「大丈夫です」

本人が大丈夫と言うのだから、それ以上に引き止める理由もなく、私は玄関先で彼女を見送った。やれやれ、すっと肩の荷が下りた。さて、仕事しようかと思った時、居間の時計がボーンボーンと十時を告げた。その音がやけに背骨に響いた。振り返ると玄関のガラス戸が翳《かげ》ってさーっとなにかが通り過ぎた。鳥か？　その瞬間、どんと強く背中を押され、はっとした。

私は三和土に飛び降りてサンダルをつっかけ、りん子の後を追っていた。井《い》の頭《かしら》公園に接する薄暗い路地を、りん子はだらだらと歩いていた。赤いデッキシューズだけが、風景の中に浮いて見えた。ああもう、ほんとうに後ろから蹴りを入れたいようなやる気のない歩き方だ。

「ちょっと、りん子さん」

りん子は振り返って、腐った魚のような目を私に向けた。きれいな二重まぶたなのに精彩がなにもない。いったい何がこの娘の魂《たましい》をこんなに殺しているのだろうか。私は息を切らせ、彼女の前に立った。

「あなた、坐禅しない？」

何を言っているのだ、私は。口が勝手にしゃべっていた。

「ざぜん、ですか?」

「ええ。ニューヨークから女性の禅マスターがやって来るの。その方の坐禅会があるの。とてもすてきな人よ。あなたも坐禅をしてみたらいいわ。きっと気持ちが落ち着くから」

りん子は、それほど乗り気でもなさそうだったが
「先生がそうおっしゃるなら……」と答えた。

まったくもう! あのね、べつに、私のためにやってくれなくていいのよ……という言葉を、ごくんと呑み込んで、私は笑って頷いた。

「それがいいわ。それまで家にいたらいいわ」

二人で家に引き返しながら、私は観念した。

助けてください。

そう言って私に抱きついてきたなにかが、この子の裡《うち》にいるのだ。そのなにかに、また呼ばれてしまったんだわ。無視すりゃいいのだが、私にはそれができない。ええい、いまいましいがしょうがない。

りん子の手提《さ》げ袋を一つ持って、私が先立って家の玄関に戻った。りん子は門のところでモサモサしていた。

「早く、お入りなさい」

ぺこんと頭を下げたりん子の頭頂を見て、あら、つむじ曲がりだわ、と思った。後頭部も絶壁ね。きっと難産で頭がつぶれたのね。母親がドーナツ枕を使わなかったのかしら。お尻も垂れてO脚だし、ひねた足ね。あーあー靴は揃《そろ》えもせず脱ぎっ放し。躾《しつけ》もなっていやしないわ。何事にも引っかかってしまう私はぶつくさ文句を言いつつりん子の赤い靴を揃えた。

ふと、歯ブラシの広告にでも使えそうな彼女の歯並びをいぶかしく思った。歯列矯正でもしない限り、あんな見事な歯並びは作れない。矯正はしてもドーナツ枕を使わないとはどういう親かしら。

スリッパの音をぺたぺたとたてながら、だらしなく廊下を歩いていくりん子の後ろ姿を、私は呆然《ぼうぜん》と見ていた。

日本語版の推薦文を書いたことが、アイリーン浄蓮《じょうれん》との出会いだった。

女性らしい細やかな視点で書かれたアイリーンの禅の入門書は、内的世界をもっと探求したいと願っていた私を瞠目《どうもく》させた。『女と禅』。私は、この書を求めていたのだわ。アイリーンは元世界銀行の人事担当だったキャリアウーマン。すでに子育てを終えたシングルマザーでもあり私より二十歳ほど年上だ。日本人とのハーフとして生まれた彼女は日本語も堪能《たんのう》で、日本の文化芸能にも造詣《ぞうけい》が深かった。

彼女がアメリカ育ちであることは、私にとって好都合だった。文化差があることで相手に対して寛容になれる。同じ日本人が説く「禅道」に対して、私はどこか構えてしまうのだ。日本で禅を語るのはマッチョな男ばっかり。そして男の説く「悟り」や「修行」は女の私にはいまひとつ響かなかった。男と女は別の生き物。ましてや、人生経験を積んだ中年にもなれば、男と女の悩みは異なるに決まっているではないか。坐禅は日本においては男の専売特許で、女の身体や心と寄りそうものではなかった。私も何度か禅寺に通ったが、「悟りを得よう」という野心丸出しの男どもと、偉そうな禅僧どもに呆《あき》れ果てて見切りをつけた。日本は相変わらず男尊女卑《だんそんじょひ》の国である。

「日本からいただいた坐禅を、日本に返したい」とアイリーンは言う。「坐禅はけっして、お坊さんだけのものではありません。まして、男の人だけのものでもありません」

我が意を得たりと有頂天になった私は、翻訳を担当した編集者を通して、ニューヨークのアイリーンに連絡を取った。

何度かメールでのやりとりの後、私は勇んでニューヨークに渡った。

二〇一一年の九月のことだった。震災と放射能汚染で日本列島はぐらぐら沸騰《ふっとう》していた。その熱い鍋の中から飛び出して海外に行くと、あまりの静けさに拍子抜けした。自分の視野がとても狭くなって、目先の不安ばかりに心が囚《とら》われていたことに気づかされた。海外から見れば、日本全土が放射能で汚染されたも同然なのだ。日本に住んでいるすべての者が被曝者だ、そういう視点に立った時、逆に新しい光、新しい希望が見えた気がして、勇気が湧いた。

ニューヨーク郊外にあるアイリーンの道場は、美しい湖に面した山の中腹にあった。車で一時間半ほど走るともう原野。アメリカ大陸の広さと、その風景の厳しさに圧倒された。日本の風景の優しさに比べ、この大陸の景色は人間を拒絶するかのようだ。茫漠《ぼうばく》たる荒野が心地よかった。そう簡単に、人間と共存などできるものか、と、大地が叫んでいる。

そうだ、その通りだ。自然は脅威なのだ。癒《いや》しもするが殺しもする。それが自然なのだ。日本人は甘過ぎる、と、私は怒っていた。

三泊四日の短い坐禅ワークだったが、日本の喧騒《けんそう》から離れてアイリーンと共に坐り、じっと自分と向き合う時間は貴重だった。多くの弟子をもち、米国ではカリスマ的な存在であるアイリーンと、まったく初心者の私が、対等に禅について語りあう時間をもてたのは、日本語訳本の推薦文の恩恵であったと思う。

初めて禅の思想に触れた私は興奮していた。女でも悟りは得られるのだ。どうすれば心の静寂が得られるのか。心の平安こそ今の日本人に最も必要なこと。なんとしてでも禅の奥義を会得《えとく》したい。

私はアイリーンに「三昧《さんまい》の境地」とは、どういうものであるかを尋ねた。一緒に参禅していたアメリカ人たちはもう十年、二十年と坐り続けているベテランで、彼らはどうやら私とは違う意識状態を体験しているようなのだ。同じように坐っていながら、彼らと私はどう違うのか。私は未知なるものを欲していた。そして、自分が今どの段階にいるのか知りたかった。

「そのことは、あまり知識として持っていないほうがよいのよ」

アイリーンの答えはそっけなかった。

アイリーンの茶色い瞳は時々光を反射してトパーズ色に光る。

「頭で考え過ぎるなということでしょう？　それはわかっているのだけど」

「あなたは作家だし、どうしても言葉で物事を説明したいのね。それはわかるけれど、坐禅は言葉を離れるためのものだから、ここでは作家であることをやめたほうがよいわ」

つい「そんなことは言われなくてもわかっている」という反発心が起こった。

「わかります、悟ったと言う者はけっして悟れない、と言いますものね」

アイリーンは静かに笑うだけだった。

「あなたの小説の英語翻訳を読んだわ。とても面白かった。あなたは人間の精神に興味をもっているのね」

「人間の、というよりも、私自身の心を知りたいだけなのかもしれないです」

「だとすれば、坐禅は、自分の心を知るためのものではないのよ」

「そうなのですか？」

「自分の心を知りたければ、自分以外の他者と出会うしかない。他者だけが、私が何者であるかを教えてくれる」

「では、坐禅の目的はなんですか？」

「坐禅には、目的はないのよ」

坐禅に目的はない。それは意外な答えだった。

「そんなことはないでしょう」

「ただ、坐る。それだけ。私は私の師からそう教えられたわ。そして、それを守っている。だから、あなたにも同じことを教えます。ただ、坐るのみ」

ただ、坐る？　確かに道元《どうげん》禅師もそんなことを言っていたが、私が知りたいのは単純な言葉で表現された思想のもつ深い意味である。悟りから遠い一般人にもわかるように説明してほしい。私はまだあまりに無知で、自分が無知なことにすら気付いていないのか？　禅を説明してほしかった。

一度でも坐ってみればわかる。ただ、坐る、がいかに困難か。

足が痛い、腰が痛い、疲れた、いつ終わるのか。考えまいとしても雑念がどんどん湧《わ》いてくる。

三泊四日の坐禅会を通して、ただの一度も、無心に時間を忘れるような境地には至らなかった。私はいたく失望した。心のどこかで自分はやれる気がしていたからだ。それなりに人生経験も積んでいるし、人間的にもまあそこそこ成熟していると思っていた。この私が、坐禅でもすればたちどころに神秘体験くらい得られるのではないか……と。

しかし、笑っちゃうくらい、何も起きなかった。ただ、足が痛く、痛いことばかり気になる無為な時間が過ぎただけだった。

最後の日に、私はアイリーンに尋ねた。

「いったい、私は、坐禅を体験したのでしょうか？」

この時も、アイリーンの目は光った。

「よう子、あなたは思い込みが強過ぎる。頭でっかちなのよ。坐禅はこうあるものという自分の思い込みを捨てなさい」

私はかなり落ち込んだ。でも、嫌な気分はしなかった。むしろ清々《すがすが》しかった。

頭でっかち……か。帰国の飛行機の中で思い出すたびに福助人形が浮かび、福助の顔が自分なのである。あれが私か……とがっくりした。

出る杭は打たれる……。これまたズレていると思いつつそんな諺も浮かび、杭になった頭がガンガン金鎚で叩かれている。この妄想癖《もうそうへき》はたぶん職業病なのだろう……。

いつまたアイリーンと会えるだろうか。いや、なんとしても、彼女に会いたい。もう一度坐禅に挑戦したい。そうだ、アイリーンを日本に呼んで、日本で彼女の坐禅会を企画しよう。今の日本の女性たちにアイリーンを会わせたい。日本に「女の禅」を立ち上げるのだ。

勇んでアイリーンに連絡をすると「まえから日本に行きたいと思っていたのよ」と快諾《かいだく》してくれた。やった！　と思った。リベンジ、坐禅である。

思い立ったらすぐに行動してしまう。そんな性格なので、早とちりでよく失敗もする。自分からりん子を誘っておきながら、私はひどく後悔していた。

大切なアイリーンの坐禅会に、りん子のような得体の知れない女を連れて行って大丈夫だろうか。不安だったが、今さらどうしようもない。

いちおう、アイリーンには事情を説明しておいたほうがいいかと思い、私はその夜にアイリーンに電話をしてみた。

「ハイ、よう子、元気にしている？」

声を聞いたとたん心にパッと花が咲く。なんという快活さだろう。アイリーンの声はいつも澄みきっている。

「ええ、元気よ。あなたは？」

「私もとても元気よ、あなたに会うのを楽しみにしているわ」

「そのことでちょっと相談があるの。あなたの坐禅会に、一人、ゲストを連れて行きたいのだけれど、よいかしら？」

「もちろん、大歓迎よ」

「ただ、その子ね、少し問題がありそうなのよ」

「問題のない人間なんていないし、もしいたとしたらつまらない人生でしょうね」

「そう言ってもらえるとありがたいのだけれど。じつはね、私はその子のことをほとんど何も知らないの。だけど、なんだかほっておけなくて、今、家に預かっているのよ。それで、つい、坐禅に誘ってしまったというわけ」

アイリーンは「いいわね」と笑った。

「その坐禅ガールに、あなたが、引っかかってしまったわけね」

あなたが、と、彼女は強調した。

「そうなの。思いがけず、ずぼっと足を突っ込んでしまったのよ」

私はほんとうに、こんなことにはかかわり合いたくなかったのに。

「それが、あなたのカルマだからよ」

二人の間でよく使われるジョークを言って、アイリーンは電話を切った。

携帯電話を握ったまま、私は「カルマ」という言葉を、牛のように反芻《はんすう》していた。一階の方でカタンという物音がし、はっとして階段を降りていった。遅くに娘が帰宅した音だった。りん子の部屋の襖《ふすま》の前に立って声をかけたが返事がない。そっと開けてみると部屋にいなかった。壁の隅にある電気プラグに充電器が差し込まれ、携帯電話だけが青白く光っていた。

携帯、持ってるのね……と、目に留《と》めているところにりん子が戻ってきた。風呂上がりで、えらく薄着だ。まだ三月もやっと半《なか》ばで冷え込むというのに半袖とは！

「あなた、またそんな格好で、湯冷《ゆざ》めしてしまうわよ」

りん子は驚いて「すみません」と頭を下げた。

「フリース着て、あったかくしないと。女は身体を冷やしてはいけないの。あんたみたいな痩せっぽっちは、首と足と腹はいつもあったかくしておくものよ」

しょうがないので私のお古のフリースを着せた。

「化粧水とかもないんでしょう、これ、試供品だから使っていいわ」

手の平にこぼした化粧水を、べちゃべちゃ顔にすりつけるりん子に「ああ！」と頭を抱えた私は「こうするのよ」と実演して見せた。

「顔にね、パンパンパンパンって手の平で叩き込むのよ」

「こうですか……？」

「もっと強く、こうよ」

パンパンパン……。

「そうそう、そうするとね、血行が良くなって顔も引き締まるわよ。いくら美人だってお手入れしなかったらすぐに老《ふ》けてしまうんですからね」

いったい、私はなんだってこんなことをりん子に指導しているのかしら。我に返ると照れ臭く「ちゃんと湯たんぽを入れて寝なさいよ」と言い捨て、ぴしゃりと襖《ふすま》を閉めたのだった。

ちっとも私の思いに応えてくれない仙台の彼。
私はいつもいつも彼のメールを待っていました。メールが来てうれしいのはその瞬間だけ。返事を出して少したつと、次のメールを待ち始めます。いつもお腹をすかせている子

どものように、彼のメールを待ち続けていた頃、別の人と知りあいました。

その人は、五つ年下。レンタルＤＶＤのチェーン店の店員さん。

彼と会えない週末、いつも部屋で映画を観て過ごしていた。ＤＶＤを借りて、返す。そこに彼がいた。仙台の彼とは、正反対のタイプでした。

面長《おもなが》。色白。さらさらの長髪。絶対に海になんか行かないんだろうな。どちらかと言えばサブカル好きの眼鏡男子。

彼はレジを打つ時にそっと耳に髪をかける。そのしぐさが好きだった。バーコードを読み込みながら人さし指で眼鏡をあげるのも、ぎゅうっと指先をつぼめるペンの持ち方や、文字の書き方も、ひとつひとつの動作が丁寧でよかった。ちょっとけなげな感じ。真面目な子なんだなって思った。優しそうな人だった。

映画を観る夜は淋しい夜だから、淋しい夜にいつも会う年下の彼のことを、私は心のどこかで意識していたのかもしれない。

私はその頃、ほんとうに淋しくて、週末に仙台の彼からメールの返事が来ない時なんか、腹立たしくて、イライラして心が潰《つぶ》れそうだったの。

「あ、これ、吹き替え版ありますよ」

と、ある夜、彼が言った。それが初めての会話。

目が合った。どきどきしたから。

「棚にはなかったけど……、と思った。どきどきしたから。


「棚にはなかったけど……」

「返却されたばかりのが……ほら」

まだ陳列されていないDVDを取り上げて笑った。小さな親切がじいんと心に染《し》みた。男の人のさりげない優しさに、私はとても弱い。彼からは私の容貌を狙うような、そういうがつがつした視線を感じなかった。ごく普通に接してくれたので、とってもほっとしました。

それから、彼と少しずつ話をするようになった。

主に映画の話。この間借りたのは面白かったとか、話題の新作はいつ頃入るかとか。だけど、せっかく打ち解けた頃に、彼は都内の別の店舗に異動になってしまった。私とつきあう人は、なんでみんな転勤しちゃうんだろう。

ある晩、彼が言った。

「こんど、店、替わるんです」

そうなんだ……と、少し淋しく思いつつ、彼のおすすめのDVDを受けとる。

「どういう映画なんですか？」

「観てのお楽しみです」

受けとったDVDの青い袋の上に名刺が乗っていた。「メールください!」とボールペンの走り書き。ゴロゴロした子どもっぽい字だった。

思わず彼を見ると、恥ずかしそうに会釈《えしやく》して、すぐ接客に戻った。

私もしらんぷりで外に出た。

自動ドアが開いてさあっと風が吹いた。

振り返った店の明かりがいつもより温かく感じた。

シャッターの下りた商店街を歩きながら、名刺の表と裏をかわるがわる見た。なにかとても誇らしい気がした。男の人に求められる。好きになってもらえるって、すごく素晴らしいことだと思った。こんなに心が喜びでわき立ってくるなんて、信じられない。

ずっと仙台の彼の気持ちがわからず悶々《もんもん》としてきたから、心の中の霧が晴れたみたいにすかっとした。私、大丈夫。私を好きになってくれる男の人がいるじゃないの。

やったあ……。

不安が吹っ飛んで、私はお月さままで、飛んでいけそうな気分だった。

誰かに好かれるって、なんてすてきなことなんでしょう。

一瞬で人生を変えてしまう。まるで、魔法です。

『わたしを離さないで』

彼がすすめてくれた映画は、とっても悲しい物語でした。

臓器移植のために生まれたクローン人間の子どもたちの報《むく》われない恋の話。クローンの子どもたちは成人すると、自分の臓器を〝オリジナル〟に提供しなくてはならない。そして、三回か四回の臓器提供の後に死んでいく運命……。主人公の女性は恋人の臓器が切り取られ、ついには死んでいくのを看取《みと》る。

やりきれない気分になって、少し泣きました。

クローンの子どもたちは、望んでクローンとして生まれたわけじゃない。彼らは普通の人間とどこも違わない。それなのに、臓器提供者として身体を切り刻まれていく。でも、人はいつか死ぬ。誰だっていつか死ぬ。それなのになぜ、他人の臓器を奪ってまで長生きをしたいんだろう。人生の目的は若く美しいままで生きることなのかしら。

翌日、お店に返却に行くと、彼はいなくて、別の人が接客していました。そっけない応対。事務的。顔も見ない。ま、これが普通なんでしょう。彼はいつも優しかった。目が合うと笑ってくれたもの。

そうか、私もずっと、あの人のことが気になっていたんだ、って彼がいなくなってよくわかりました。

それで、家に戻ってから、メールしたの。

「お店にあなたがいなくて淋しかったです」って。

返事は、なんと三十秒で来た。

は、早い！

せいぜい翌日にしか返事をくれない仙台の彼とはなんという違いでしょう。

私は、私を追いかけてくれる新しい相手と出会って、心からほっとしました。

ずっと、私のほうが相手を好きで追いかけていて、くたびれちゃったのね。いつも仙台の彼が私を好きかどうかばかり考えていたから。相手の気持ちなんて、いくら考えたってわからない。それなのに、私を好きかしら、嫌いかしらって自問して、一喜一憂。メールがすぐ来ると「やっぱり好きなんだ」とはしゃぎ、一週間メールが来ないと「もう二度と会わない」って落ち込む。彼の返事に振り回される生活とはおさらば。だって、年下の彼は会おうと思えば会える場所にいるんだもの。そして、メールの返事がめちゃ早い。めんどくさがり屋じゃない。

年下の彼は、見た目どおりとっても優しかった。

仙台につきあっている人がいるよと言ったのに、そんなことには無関心を装《よそお》って、私にぐんぐん近づいてきた。でも、それは私が「近づいてもいいよ」と、心を許したからなのだと思う。

今回の私は、余裕があった。女性誌を読んで勉強していたから。つきあってる彼氏がいるの、お友達なら……みたいな態度で、ちょっとじらしたりして。

「でさ、その人とは、どれくらいつきあっているの?」

耳に髪をかけながら、彼が言う。薄い唇がこわばってる。

「三年かな……」

「ふーん。けっこう、長いよね」

アイスカフェラテをぐるぐるかきまわしながら、頬杖をついている彼。

「うん……」

年下の彼はお酒を飲まない。デートはもっぱら小劇場の演劇とか、渋谷の小さな映画館にかかっている、とてもマニアックな映画を観ること。そして、帰りにカフェでお茶をする。

　私はそういうの、嫌いでも好きでもない。よくわからない。
一緒に観に行くのが楽しかった。だいたい面白い時が二割、つまらない時が八割。年下の彼には劇団員とか、映画を撮ったりしている友達が多くて、ときどき劇場で知り合いに会う。友人たちは私の顔を見て「おっ」という顔をする。

「カノジョ？」

「違うよ」

　否定しながらいつも顔を赤くしていた。
　飲みに行こうと誘われて、彼の仲間たちとごはんを食べた。みんな、アーティスト風な感じ。話題も音楽とか映画とか、仙台の彼とは全然違う。ここの人たちは、私をすぐ「りん子ちゃん」と呼ぶようになった。

「ねえねえ、今度、映画出ない？」

「私が？」

「自主制作だから、ギャラだせないけど……」

　首を振って、彼の後ろに隠れた。

「恥ずかしがり屋なんだなあ」

　彼が五つも年下だとは思わなかった。でも年なんか気にならない。私の年のことなんて誰も気にしてなかったから、私も気にならなかった。

「りん子ちゃんは、どういう映画好きなの？」

　映画……、私はちょっと考えてから『わたしを離さないで』と答えた。

「ああ、カズオ・イシグロ原作の、あれはいい映画だよな」

　とりあえず、話が噛《か》み合ったようなのでほっとした。とにかく、しゃべるとボロが出そうで怖くて、なるべく黙っていた。黙っていると、みんなが勝手に「ミステリアスだ」とか「秘密のりん子ちゃん」とか、良いほうにとってくれた。

　趣味は何、って聞かれるのが一番困る。

　私の趣味って何なのかが、よくわからない。

「最初に見た時から、きれいな人だな、と思ってた」

年下の彼は正直でした。見た目に惹《ひ》かれたんだって屈託なく言い、私の容貌を心から称賛し、愛してくれた。

「りんちゃんには、不思議な透明感がある」

私の白い肌を、くらげみたいだ、って言った。

「くらげ?」

「ああ、くらげってすごくきれいなんだよ、今度、見に行こうよ」

それで、二人で江の島の水族館にくらげを見に行った。くらげなんて、間近で見たのは初めて。青い水槽の中を泳ぐくらげは、透明な宇宙船みたい。幻想的できれいだった。

彼は優雅に泳ぐ巨大くらげをうっとりと見上げながら「海の女王だよ」って呟いてくらげの美を難しい言葉で称賛していた。男の人も心の中でいろんな妄想を持っているんだなって、不思議だった。私は彼にとって「くらげ」なんだ……って。

人は見た目で恋をする。それだけは間違いない。まず、外見をチェック。中味は後から吟味《ぎんみ》する。くらげでも、猫でも、みんな自分が見たいように相手を見るだけ。女の容貌に対しては厳しい判定基準があり、そこをクリアしてから中味を調べる。

いったい、美しい顔ってなんだろうって思う。どうして人はみんな同じものを美しいと感じるんだろう。なんで、みんな同じように美しいものに惹かれるんだろう。

歩いていると、視線の細い糸が幾重にもまとわりついてくる。あ、見られてるってわかる。お店にいても、電車の中でも、どこにいても、そこに男の人がいれば、必ず私を見る。九十九パーセント、見る。それが「美しい」ということ。男性の本能みたいなものかしら。

「醜《みにく》い」ということも、きっと同じ。

ものすごく醜いものも、人は本能的に見てしまうでしょう。

視線はその人の思いそのもの。見つめられると思いに感染する。嫌らしい視線も、羨《うらや》ましい視線も、とても露骨。容貌は人間の感情を瞬時に引き出すから不思議。なぜそんなに「見た目」って大事なんだろう。

年下の彼と仙台の彼とは、容貌はまったく違う。だけど、どちらにも「男の人」を感じた。うまく言えないけれど会った時に胸がじゅんってするような疼《うず》きみたいなもの。おつきあいしてもいいような、ときめきっていうのかしら。この、ときめきの正体がなんなのか、私にはよくわかりません。

年下の彼は、ちょっと理屈っぽかった。

映画の趣味も高尚。ぜんぜん合わない。でも、そういうことは男の人とつきあううえでそんなに大事なことではないと、私は思っていました。

その日は、テオ・アンゲロプロスという、舌を噛みそうなギリシャの監督の映画を観たのだけれど、意味がわからず途中から爆睡。老いた詩人がやたらと昔のことを思い出している。ストーリーらしきものがない淡々とした映画。でも、映像はとてもきれいだった。

映画の冒頭に少年がギリシャかどこかの島に友達と泳ぎに行くシーンがあって、それを観ていたらふと、仙台の彼のことを思い出してしまいました。スローモーションのように波をかく彼の腕の動き。水を蹴る引き締まった足首。濡れた顔を両手でおおい、髪をかきあげる梳《す》きのしぐさ。私は急に一人ぼっちになって涙を流し、気づかれないように、袖でそっと拭《ふ》きました。

主人公の老人はとても憂鬱《ゆううつ》そう。この人は自分がもうすぐ死ぬことをわかっている。人間はこうやって死ぬ前にいろんな追憶に耽《ふけ》るのかしら。

そっと横を見ると、年下の彼は身体を傾け足を組んで頬に手を当てている。じっと画面に見入っているけど、いまこの人はなにを考えているのかしら。

この、めちゃくちゃ難解な映画の世界に入っているのかしら。

いったい彼には、この映画がどんな風に見えているのかしら。

映画が終わって、私たちはお好み焼きを食べに行きました。

駅ビルの中にあるお洒落《しゃれ》なお店で、油っこくなくておいしい。トマトがたくさん乗ったお好み焼きをほおばりながら、年下の彼はテオ・アンゲロプロスの映画がいかに素晴らしいかについて語ってくれた。

「ストーリーだけを追うようなハリウッド映画は、映画じゃないんだよ」

それはきっと、仙台の彼が「クルーザーはヨットじゃない」と言うのと似たようなものなのかもしれないです。

私は濡れないですむ豪華なクルーザーのほうが好きだし、ゲラゲラ笑ったり、ボロボロ泣いたりできるハリウッド映画のほうが楽しいな……と思う。でもきっと、そういうものを趣味とする、金のネックレスをしたおじさまや、ポップコーンを食べた指で手を握ってくるような男性は、好きじゃないだろうな、とも思いました。

「次の土曜日、空《あ》いてる?」

ちょっと緊張する誘い。彼の言葉に首を振った。

「もしかして、仙台?」

そうじゃないけど、次の土曜日はやりたいことがあったので笑って黙っていた。洗濯ものもたまってるし、病院にも行かなきゃならない。

「遠距離かあ……」

年下の彼は、仙台にいる彼をいつも意識していて、その様子がうれしかった。

そうそう。私もこんな風に相手の気持ちがわからず、ずっと不安だったのよね……。

「僕は、補欠?」

「まさか」

「じゃあ、代打だ」

「怒りますよ」

「ほんとうは、彼とうまくいっていないから、僕とつきあっている」

「違います」

「そうかなあ……。年下はいいよ、ぜったい」

「なぜ？」

「そばにいる。そして、そばにいる」

おずおずと、時にはわがままに、私に取り入り、気を引こうとする彼の様子が、私をうんといい気持ちにさせてくれたので、私は、少しいい気になって彼をじらしながら新しい恋愛にのめり込んでいきました。

そうだ、もし私に唯一趣味があるとしたら、それは、男の人とおつきあいすることなのかもしれないです。

渋谷の映画館でのデートが、私と年下の彼との距離を一気に縮めてしまいました。

連れて行かれたのはベンチソファが並ぶ小さな部屋で、ここが映画館なの？　ってびっくり。観客はたったの五人。上映されたのは韓国の女性監督が撮ったというレズビアンの映画でした。主人公は二人の女性。女同士のとても親密で優しいセックスが描かれていて、なんだか羨ましいような気持ちになりました。女同士だとあんなふうにお互いの身体を大切にできるんだな……って。

その時、彼が初めて私の手に触れてきたの。手の平を指でさすってきた。ちょっとこそばゆかった。それからすっと指を膝に這《は》わせた。指はそのままスカートの中に滑り込んで、びっくりした。彼がそんなことをするなんて思っていなかったから。

唐突だけど、なぜかとても自然な気もした。映画のせいかもしれない。スクリーンでは二人の女の人が白い軟体動物みたいにからみあっていた。彼の指先が触れた。恥ずかしいけれどじーんと気持ちがよくて、やめてとは言えなかった。指先は優しかった。こういうことに慣れている人なのかしらと思った。でも、女の扱いに不器用な人よりも安心できる気がして、なんだかほっとしたんです。

あまり深く追わずに彼は手を引っ込めた。少し物足りなかったけれど、それが良かった。映画が終わって外に出るときも、出たあとも、何事もなかったように二人でお茶をして、渋谷駅で別れました。

別れ際に彼が耳元で囁《ささや》くのです。

「りんちゃんの美しさは、バロックだ」

なんのことか、さっぱりわかりません。

電車の窓の外は真っ暗で、自分の顔が映ります。これがバロックなのかなあ、と、他人の顔のようにしげしげと見つめてしまいました。

部屋に戻ると急に淋しくなりました。十一時前だったので、まだきっと起きているだろうと思って仙台の彼にメールしました。

〈電話していい？　声が聞きたくなっちゃった〉

少ししてから「こっちからする」と返事が来てすぐ携帯が鳴りました。

「久しぶり……」

「おう、元気か？」

「うん」

「今日は何してた？」

「映画を観てた。そっちは、レースどうだった？」

「ダメだ、ボロ負け。映画、何観たの？」

「ちょっと変な映画。女同士の恋愛もの……かな」

「ふーん。一人で行ったのか？」

「ううん、友達と」

「だよな、オマエ、一人で映画なんか観ないもんな」

だんだん耳に当てた携帯電話が熱くなってきた。

「声聞いてると、淋しいな」

「……うん。ごめんな」

「会いたいよ」

「わかった」

「来週は？」

「来週かあ、レース終わった後でもいいか？」

「……それでもいいから、会いたい」

「わかった。じゃあ、二人でおでん食いに行こう。うまいおでん屋があるんだ」

電話を切ってから、私は「ばか」と携帯に呟きました。

けっきょく、私は翌週、仙台には行かなかった。給料日前でお金がなかったのもあるけれど、それは言い訳。たぶん、彼にお仕置きをしたかったのだと思う。

実際のところ、遠距離恋愛には旅費がかかる。「ほんわかキッチン」のバイトだけじゃ、ちょっと苦しかった。彼はいつも帰りの切符は買ってくれた。頼まなくても、駅で切符を買って「ほら」って渡してくれた。だけどもし、うっかり買ってくれなかったら……。そう考えると不安になった。

お金のことは言いたくない。旅費がないなんて言ったら、嫌われるような気がした。彼はぼんぼんで、良い大学も出てるし、お金の心配なんかしたことないから私の気持ちなんてわかるはずもない。私はいつも切羽詰《せっぱつ》まった生活をしている。いつもデート代をもってくれる年下の彼の存在は、ほんとうにありがたかったんだ。

だんだんと、年下の彼に求められるようになりました。

私は、キス以上のことは、許さなかった。男は一度セックスしたらすぐに飽きちゃって、あとはほったらかしになるから、簡単に身体を許しちゃダメ……という女性誌のアドバイスに従った。今度こそは！　って思ったの。

何度か彼の部屋にも行ったけれど、めっちゃガードは堅くした。彼はとてもナイーブで相手が少しでもこわばったら、すっと身を引く人だった。いくぶん強引なところがある仙台の彼とは違う、繊細で献身的な愛撫《あいぶ》。

どちらが好きとか嫌いとか……それは、よくわからない。どちらも好きだったと思う。セックスの行為が好きというよりも、抱きあった時の優しくされている感じが好きだった。求められて、触られて、くるまれている感じが好きだった。

りんちゃん、好きだ、大好きだ……。

かわいい。きれいだ。守ってあげたい。

彼は耳元で何度も囁いてくれた。

私はとっても満たされて、ようやくおなかいっぱいにごはんを食べた孤児みたいな気がした。うれしい。もう不安から解放される。新しい恋人の愛情にどっぷり首まで浸かって、やっと満ち足りて、仙台からなかなか来ない携帯メールをチェックする回数も減った。会えないことへの苛立《いらだ》ちや、不満が消えたわけではないけれど、年下の彼と仙台の彼を天秤《てんびん》に載《の》せて、私はやっと心のバランスがとれたんです。プラマイ・ゼロになった。

ああ、すごく自由。

早い話、私は世間で言うところの「ふたまた」をかけていたわけなのだけれど、自分ではまるでその自覚がなかったんです。

大きな地震の震源が、東北だったとは知りませんでした。

仙台にいる彼の身になにかが起こっているなんて、考えもしなかった。

でも、あの日、東京にいた年下の彼よりも先に、しかもメールではなく、電話をくれたのは、彼だったんです。

「ほんわかキッチン」も揺れました。店長が慌てて火を止めて、みんなに「鍋をかぶって伏せろ」って言いました。おばさんたちは、ザルとか、ボールとか手近にあったものをかぶって右往左往していました。お店は一階だったし、被害らしい被害はありませんでした。

二度目の揺れがおさまって、店の床に落ちた発泡スチロールのパックを片づけていた時、携帯が鳴りました。

仙台の彼でした。

「もしもし……」

「俺だ、そっちは大丈夫？　無事か？」

と言うので「うん」と答えると、

「よかった、気をつけろよ」

……それだけ。短い電話でした。

その時の彼の声は、ほんとうにいつも通りというか、興奮のためか、よりはっきりと元気に聞こえ、しかも、ものすごく一方的であったので、よく情況を知らなかった私は「え、それだけ？」と不満にすら思いました。

思えば私はずいぶん呑気《のんき》だった。そりゃあ、床がぐらんぐらん揺れてびっくりしたけど、おばさんたちは妙に落ち着いていたから……。

店の外に出てみると、周りのビルからもぞろぞろ人が出てきて、なんだかお祭みたいな雰囲気だった。

「まだ、揺れてるなあ」

って、ゆさゆさしている頭上の電線を見上げながら、

「電話がぜんぜん通じない」って、みんながぶうぶう文句を言っていました。

あの時、なぜ、彼の電話は通じたのだろう。

東北地方の電話はほとんど不通だったと、後になって知りました。

なぜあの時、電話は通じたんだろう。

あれは、現実だったのかしら。

あの声は本当に彼だったのかしら。

時々、着信履歴を見直します。それは、間違いなく、彼の番号なんです。

お店は臨時休業になって、みんな解散しました。

千葉までは、とても帰れそうになくて、私はそのまま「ほんわかキッチン」に残りました。店長が家に来るかと言ってくれたのだけれど、私はお店に残って、年下の彼と連絡を取ろうと思いました。

電話は、まるで通じなかった。やっと夜になってメールが来て、その頃には携帯アプリの速報で三陸の海沿いの地方を大津波が襲ったようだ……と知るのだけど、彼の元気な声を聞いていたから、さほど心配もしていなかった。

「電車が止まってて、りんちゃんちには帰れないよ」

帰宅途中で自転車を買った、という年下の彼は千駄ヶ谷まで迎えに来てくれました。

「りんちゃん、今夜は危ないからうちに泊まりなよ」

私もそのつもりでした。そして、泊めてもらうのだし、この日は二人の関係が始まることを予感していた気がします。

地震のためか、私たちはとても興奮していて、まるで世界の終わりの日、みたいな切羽《せっぱ》詰まった気持ちになっていたんです。

彼の部屋の中も、少し荒れていて、二人で割れたガラスコップや散らばった本を片づけたりしました。コンビニで食料を買ってきて、残っていたワインを飲んで、特別な日の特別な夜だから、なるべくしてそうなった。

彼はいつもの通り優しかったから、触れられているとすぐに気持ちよくなりました。もう初めてじゃなかったけれど、なんだか申し訳ないような気がして、初めてのようなふりをしてしまいました。なにが起こるのか、どんなことをされるのか、わかってはいたくせに。

彼はずっとじらされていたせいか、何度も何度も求めてきました。疲れてうとうとしていると、また起き上がって、明け方までずっと、夢中で私の中に入り、私が声をあげてぐったりするまで許してくれませんでした。

ときどき、私の首筋に歯を立てるので、痛かった。

「痛いよ……」って言うと、彼は不思議そうに呟きました。

「いじめたくなる身体なんだ……」

そして、私が年下の彼と肌を合わせている間に、仙台の彼はもうこの世からいなくなっていたのでした。

翌朝、私は彼のベッドの中で、裸のままテレビニュースを見ました。

そして、仙台の被害の大きさを知ったのです。

「すごいことになってるね……」

と、年下の彼が言いました。

「大丈夫かな……」

その言葉がなにを指しているのかわかったけれど、答えられるはずがありません。

私はシーツにくるまって、真っ黒な濁流がどくどくと家を呑み込む様子を見つめていました。

年下の彼は、黙って、テレビを消しました。

ようやく被害の深刻さに気づいた私は、何度も、何度も、携帯をかけ、メールを送りました。何度も、何度も、何度も。

でも、もう仙台の彼にはつながらなかった。

お客様のおかけになった番号は、電源が切られているか……。

機械音声のアナウンスが繰り返されるだけ。

あの時、たしかに声を聞いたのだから、大丈夫だ。そう自分に言い聞かせました。

もしかしたら携帯を落としたのかもしれない。水没して使い物にならないんだ。新しい携帯を買うどころじゃないんだ。

どうやっても彼と連絡が取れなくて、私は彼の会社に電話をしました。

友人なのだけれど……と、本社に消息を問い合わせると、

「こちらでも捜索していますが、まだ、確認が取れない状況です」

と、答えが返ってきた。

「わからないんですか？　連絡取れないんですか？」

「……はい。確認が取れない状況です」

つまり、彼は、行方不明なのです。

そして、その状況は現在進行形なのです。

彼の遺体は見つかっていない。

生きている彼も見つかっていない。

時々夢を見ます。
夢の中であの人から電話がかかってくるの。そして言う。
「大丈夫か？　気をつけろよ」
私は応える。

「あなたは、元気なの？」

「ばーか。俺は、大丈夫だ」

私はほっとする。そうだよね、海の男だもの。水泳があんなに上手なんだもの。水で死ぬわけないよねって。

ああよかった。あの人は生きていた。助かったんだ。ほんとうによかった。生きていた、生きていた。ほんとうによかった。

そう思って泣いている。

泣きながら、目が覚める。

目が覚めてから、しばらくのあいだ、わからなくなる。何が現実で、何が夢なのか。

不思議と、目が覚めてしまうと、夢の中ほど悲しくはなかった。

しばらくは、年下の彼とうまくいっていました。

うまくいっていた、というか……。なんていうのかな、二人でとってもよくできた映画のセットの中で演技をしているような、そんな感じだった。仲がいいのか、仲がいいのを演じているのかがわからなくなった。

いつも誰かに見られているような、そんな気がしてしまう。誰かの目を意識して、しゃべっている。ガラス窓に映った自分をチラリと見ている。一瞬だけ真顔の自分は、なにかに脅《おび》えている。

そんな時、空耳が聴こえる。

「何やってんだよ」

自動ドアが開いた瞬間、外の雑踏に混じってあの人の声が聞こえる。

あっと思う。懐かしいな、と思う。

悲しいとか、そんな情緒的な感情と違う。なんだか、見えない太い血管が相手と自分をへその緒みたいにつないでいて、それがぶちっと断ち切られたような、そして、どくどく血が流れているみたいなそんな感じ。

セックスしている時、ふっと、天井の隅に彼の幽霊が浮かんでいる気がする。

〈何やってんだよ〉って、彼が見てる。

年下の彼はキスが好き。でも、私はキスは嫌い。なるべくしたくない。

「どうして、キス嫌い？」

「そういうわけじゃないけど」

彼は唇を重ねて、そっと舌を入れてくる。すると怖くなる。思わず顔をそむける。

「どうして、キスは彼だけ？」

「そうじゃない……」

怖いから……。

彼はていねいに身体中にキスして、それから入ってくる。そして言う。

「ねえ、僕を見て」

私は向き合うセックスが苦手。

年下の彼は、私と目を合わせたがる。

私は思わず顔をそむける。すると彼はしぼんでしまう。

人は死んだら、どこに行くと思う？

ユーレイってほんとうにいるのかしら。いるとしたら、私は死んだ彼にいつも見られているのかしら。

「たとえユーレイであってもいい。彼に会いたい」と、これはドラマの中でよく聞くセリフ。

私は、そうは思わない。ユーレイの彼に自分を見られたくない。ユーレイになって出てきたらとても怖い。ほんとうの私をあの人に見られるなんてぞっとする。私は彼のことを好きだったんだろうか。わからない。もしかしたら、好きだと思い込んでいただけじゃなかったのか。そうでなきゃ、好きな人を憎んだりするかしら。では、今つきあっている彼のことは、好きなのかしら。ふたまたをかけて二人の男を好きってこと、あるのかしら。わからなくなってしまった。

あの人を好きでなかったとしたら、この人だって好きではないのかもしれない。

「りんちゃんは、やっぱり彼のことが忘れられないんだね」

と、彼は淋しそうに言う。だけど、それもちょっと違う気がした。

「それでも、僕はりんちゃんのことが好きだからさ」

彼はそう言ってくれた。でも、なにかズレていると思った。

私たち、たくさんセックスをした。

ずっと離れていた仙台の彼よりたくさんのセックスをした。

感じてしまった時は顔を手で覆った。見られるのが怖かった。

身体の感覚はお互いが慣れていくほど敏感になり、年下の彼は私がどこを触れられると強く感じるのか探り当てた。私は気持ちよさに身をまかせることへの恥じらいが薄れていき、あまり気乗りしない彼の要望にも応えるようになっていた。心よりずっと肉体は正直で、私の身体はいくらでも男の人に反応して喜ぶの。肉体は私そのもの。

でも、顔は、見られたくなかった……。

「どうして、泣くの?」

わからない……。そんなこと私にもわからない。

そう。なにより、私はこの人のことが好きなの?

それがわからない。この人は私のどこがそんなに好きなのかしら。映画の趣味だってぜんぜん合わないのに。

セックスのため？

そんなことは考えることじゃないのかもしれない。愛はもっと自然に心の中に育っていくもの。だとすれば、私の愛はどこ。まだ、種の中。芽も出していない。暗い土の中で眠っていて、いつかこの肉体から芽を出すのかしら……。

桜の花びらがすっかり散り、葉桜の頃、とてもいやなことがありました。

「ほんわかキッチン」を出ると、誰かが「松下りん子さんですよね」と私の名前を呼ぶのです。立ち止まって振り向くと、女の子がいました。

思い詰めたような顔で私を睨《にら》む、知らない子でした。

二人で近所のスタバに入って向きあうと、あんまりじろじろ私の顔を見るので、感じ悪いな、と思いました。敵意のある人はすぐわかるんです。

彼女は言いました。

「ほんとに、きれいですね……お人形みたい」

私は黙って下を向いて、ストローでアイスコーヒーをすすりました。きれいと言われることも、慣れてしまうとそれほどうれしくもありません。顔だけで自分を判断されるみたいで、淋しいんです。

「彼、苦しんでます」

彼とは、つまり年下の彼のことだとすぐわかり、つまりあの人の元カノなのだとピンときました。

「どういうことでしょうか？」

じゅうぶん、かわいい子なのです。生まれた時からかわいかったに違いない。幼稚園の時も、小学校の時も、中学校の時も、ずっとかわいい子で育ってきた、そういう子でした。

「あなたが、まだ前の彼のことを思っているって……」

もしかしたら、この子ともつきあっている？　彼もふたまたをかけていたのかと思うと、妙な競争心が起こりました。

「もし、本気でないのなら、彼を苦しませないでください」

この子、まだ二十三、四なんだろうなあ……。やっぱり肌の艶が違うなと思いながら、負けたくないとドキドキしていました。

「本気でないって、どういうことですか？」

「彼は、恋人を亡くしたあなたに同情しているんです。だけど、あなたが彼を好きでないなら、私に返してください。そんなにきれいなんだから、いくらだって他にも男の人と出会えるでしょう、私にはずっと、ずっと彼だけなんです……」

そう言って、その子は泣きました。ほんとうに彼を男として慕《した》っているのが伝わってきて、なんだか、うらやましいような、嫉ましいような妙な気分でした。そんなふうに男の人を好きになって、臆面《おくめん》もなく返してくれと言えるなんて、自分に自信があるからできることです。

そんなこと、私に言えるかしら、きっとできないだろうなあ。

「同情……？」

「そうです。彼は、あなたに好かれていないのはわかっています」

「どうして、そう思うんですか？」

見開いた目の縁がくっきりと黒い。凜々《りり》しい顔だち。長い睫毛《まつげ》。あ、これは付け睫毛じやない、本物の睫毛だ。

彼女は、正確に、答えてくれました。

「だって、私に、求めてくるから」

その晩、私は年下の彼の部屋に行きました。

じとじと雨が降って肌寒い夜でした。夜勤で遅い彼を、部屋の前で待っていたら、彼はとてもびっくりしていた。

「どうしたの？」

暗い部屋に入ってから、私は彼の顔をぶった。優しい顔を見たら急に怒りが込み上げてきたんです。年下の彼は頰に片手を当てて私を見た。その目がちょっと脅えていました。

「うそつき」

私は彼の胸をこぶしで殴った。

「こんなに好きなのに、どうして、どうして、どうして」

彼は、ずっと殴られていた。

「いったい、何があったの?」

「こんなに好きなのに……」

そう言って、私は泣いた。泣いたように思う。泣いたふりだったかもしれない。わからない。

「なんか言ってよ……」

なにも言わない彼の胸を、私は叩き続けた。怒りだけは本物でした。なにがあったのか、たぶん彼は理解したのだと思う。黙って殴られてくれた。そして頭を下げて「ごめんなさい」と言った。

「もういいよ」

「ごめんなさい」

「謝らないで!」

どうかしていると思った。腹立たしくてたまらない。私は彼の不幸を願った。おまえらなどぶっ壊れてしまえと思った。彼の胸にすがりついた。ぜったいに取り戻したかった。

だから、抱きしめた。

彼は、私を抱き返してきた。すごく興奮しているみたいだった。

なんだろう、これって……って思った。

すごくズレてる。だけど、なにがズレてるのかよくわからなかった。

あんな子に取られるのは嫌だった。とても嫌だった。

セックスの後、漏れ出てくる精液に不安になった。

もし、妊娠したら……。

トイレでぬぐって、ペーパーを便器に捨てて、立ち上がったら身体の中に風が吹いているみたいにすうすうして、悲しかった。

「大丈夫？」と彼は言った。

私は返事をしなかった。

「今夜どうする？　もう最終ないし」

送ってよ……、タクシーで。そう言おうかと思ったけど、やめた。

「泊まっていきなよ」

気乗りしないけど、そうするしかないなと思った。

彼の携帯が、暗い中で緑色に点滅していて蛍みたいだった。

「ねえ、コーヒーミルある？」

彼は首を振った。

「そうか、明日の朝、コーヒーを淹れてあげようと思ったのに……」

彼は夜中にそっと抜け出して外に出た。たぶん、彼女に電話をしに行ったんだと思った。私は寝たふりをしていた。

明け方もセックスした。ちょっと痛かった。きっと感じさせようとしたのだろうな、彼は、私の足を押し開いて、ていねいに舌で舐めながら言った。

「すごく、きれいだ。ピンク色で……」

そうなんだ……と思った。自分では見たことがなかったから知らなかったけれど、きれいなんだ……。仙台の彼とはそんなことしたことがないから。ああ、私こんなことも、平気でできるようになったんだな。どうしてか、仙台の彼のことばかり、頭に浮かんでしまう。考えまいとしても、顔が浮かんでしまう……。

少ししつこい彼の求めに応えていたら、遅刻しそうになりました。私は大急ぎで服を着て、玄関で靴を履きました。赤いデッキシューズが血の色みたい。

「じゃあ……」と、顔を上げると、

「彼女とは別れる」と、彼は言いました。

「うん」

「約束するから」

年下の彼は、そう言って私を抱きしめた。

なぜだろう。その日は一日、心が死んだみたいでした。

また今朝も、黒い保温肌着を着ている。

このタートルネックは下着目的のため薄手にできているので、ブラジャーの線がぴっちりと浮き上がり見ていて気恥ずかしい。しかも、だいぶ年季が入り少し毛羽だった感じも貧乏臭くて、せめてもう少し服装に気を遣えないものだろうかと思う。それでも、顔がきれいで痩せているので、ぱっと見にはサマになってしまうから、美貌というのはすごいものだなと感心するばかりである。

りん子は、食後の紅茶のティーカップをじっと見つめていた。長い前髪が顔半分を隠している。わが家に来た時はべたっとしてかつらみたいだったが、風呂に入るようになっていくぶんさっぱりした。

「温かいうちにどうぞ、召し上がって」

そう言うと「はい」と、子どものように両手でティーカップを持って紅茶をすすった。

いったい、この子は幾つなのかしら。首の皮膚の張りからすると、三十三くらいね。

「ところで、あなたって、おいくつなの？」

「三十三です……」

やっぱり……。首の衰えは隠せないものだわ、と、女を値踏みする奴隷商人のような気分になった。

「まあ、なんとか具合も良くなったようだからほっとしたわ」

「本当にお世話になってばかりですみません」

三日が過ぎて、白いご飯も食べるようになり血色もよい。

「最初に会った晩は、なんだか狐に憑かれたみたいな顔をしていたので、心配していたのよ」

「狐……？」

そう呟いたとたん目の焦点が合わなくなり、私のほうが慌てた。

「やだ、冗談よ」

ぽんと、肩に触れるとはっとした様子で我に返り、うっすら笑みらしきものを口元に浮かべた。一瞬だが、どこか別のところに行っていたのだ。心ここにあらずとはこういう状態を言うのだろう。いくら女とはいえ、素性のわからぬ他人。何を思っているのか気味悪い。

「あの……、坐禅を、とおっしゃっていただいたのですが……」

「ええ、ええ。そう。心を落ち着けてみたらいいかなと思って。私がこのまえのお寺で企画をしているの。参加してみたらどう？」

「それは、お金がかかりますか？」

「お金？　ああ、そうね少しかかるけれど……」

お金がなさそうなのは格好を見ればわかる。またしてもおせっかいな好意を彼女に申し出てしまったわけだ。

「いいわよ。ご縁だから、お金は払わなくていいわ」

りん子は「すみません」とさらに低く頭を下げた。

「坐禅というのは、やったことがないんですが……。私にもできるんでしょうか」

「大丈夫よ。そんな難しいことじゃないから。それに、教えてくれるのはアイリーンというハーフの女性で、とてもすてきな人なの。彼女はね、ニューヨークの禅道場で日本人の禅師から坐禅を習い、いまでは自分がたくさんの人に坐禅を教えているの。この本を差し上げるから、読んでおくといいわ」

私はアイリーンの『女と禅』を、本棚から抜いてりん子に渡した。

「ありがとうございます」

最初のうち、りん子はがんばって姿勢を正していたのだが、十分もすると身体を右に傾けてだらしない猫背になった。歪曲《わいきょく》した背骨の上にきれいな顔が顎をつき出した形で乗っているのが、どうにも不釣り合いだ。私はそのアンバランスが気になってしょうがない。

「ねえあなた、せっかく美人なんだから、もっと姿勢をよくしたらどう？　もったいないわ」

思わず、母親のようなことを言ってしまう。りん子は叱《しか》られた小学生のように慌てて姿勢を正した。

「そうやって顎をつき出していると、重力が頬にかかってほうれい線が濃くなるって知っていた？　四十を過ぎるとあっという間に老け顔になるわよ。そんなふうに、背骨をS字にそらして出尻《でっちり》にせず、腹筋と背筋でしゃきっと身体を立てるのよ」

やって見ても、すぐへなっとしおれてしまう。筋力がないらしい。

「あなた、どこか身体にご病気を持っているんじゃないの？」

「いいえ……、特には」

「そう……」

「私、やっぱり変ですか？」

「変というわけじゃないけれど……。なんていうのかしら、おぼつかないのね、すべてが」

「生まれた時、未熟児だったと母が言っていました」

「虚弱体質かしら」

「家にいることが多かったから……」

ああ、またそのまま遠くへ行ってしまいそうな目をする。私はこういうふらふらと魂が浮いているような人間を見ると、なんとしてでも地面にたたき落としたい気分になる。幽霊に足がないのは、幽霊になる人間の魂がふらふらしているからに違いない。

「若いんだから、今からだって気をつければ元気になれるのよ。一度、お医者さんに行ってみるのもいいかもね。あなた、保険証は持っているの？」

「持っていますが、もう古くなっていて……」

どうやら保険料滞納で未更新らしかった。支払うお金もないのだろう。そこまでしてやる義理はないと思い、それ以上は突っ込まなかった。


私がりん子を気にかけてしまう理由を、夫や娘はわかっているので何も言わない。

私には、自殺した妹がいた。とある印刷会社に就職していたのだが、職場での人間関係が思わしくなく仕事を休みがちだった。しかし、私も母も、妹の心情が理解できず、そういう人間関係の苦しさはどういう職場でもつきものであるし、誰しも通る道なのだからがんばりなさい、という精神論で妹を説き伏せ、あまり彼女の訴えをまともに聞いていなかった。

母は長いこと大学病院で事務員として働いており、病院の権力体質に洗脳されたかのごとく教条的な教育論で私たちを育て上げた。私はそんな母とは折り合いが悪く早いうちに家を飛び出し好き勝手に生きてきた。おとなしい妹は親元から大学に通い卒業した。父が脳梗塞で予想外に若く亡くなったため、定年退職した母と妹は一緒に住むものだと決めてかかっていた。

しかし、妹は会社の社員寮に入り家を出た。そして、あろうことか母の六十歳の誕生日に、自宅の物置小屋で首を吊った。

母と妹の間に何があったのか、私はよく知らない。

何かがあることはわかっていた。雰囲気は感じていた。だが、具体的なことに一切、関心を持たずに見て見ぬふりを決め込んでいた。その結果として、私は妹の死体を物置で発見することになった。

母の還暦を祝うから実家に来るように、と電話をした時、妹は「体調が思わしくないので行けないかもしれない」と言った。

「そんなこと言わないで、ちゃんと来てよ。プレゼントは私が用意しておくから。あなたが来ないと始まらないじゃないの」

妹が来ないような気がして、私は前夜にも電話をした。

「明日、よろしくね」

妹は「行けたら行く」と言った。

「絶対よ、待ってるから」

すると、妹はこう言ったのだ。

「姉さんは、身勝手すぎる」

私は一瞬、ずきっとした。なぜずきっとしたのかわからない。そして、その痛みを隠すためにわざと強い調子で答えた。

「あら、私のどこが身勝手なのよ」

妹は何も言わなかった。黙って電話を切った。

翌日、実家に行くと母が出てきて「なんだ、よう子なの」と拍子抜けしたように言った。

「まさ子かと思ったわ」

妹の名を言い、「あの子、どうしたのかしら。もうとっくに着いていていい頃なのに」と、そわそわした口調で私に言う。

「また、会社を休んでるのよ。あのままじゃクビになっちまうわ。なんとか病院の診断書でもつけて療養ってことで休職扱いにしてやろうと思っているのに、ちっとも言うこと聞きゃしないのよ」

「そうなの?」

「そうよ。まったく一人じゃなにもできやしないくせに」

職場で長いこと御局様《おつぼねさま》として君臨してきた母は、なんでも自分の考えが正しいと思っている女だった。その確信は年をとってますます確固たるものになり、私はそんな母の言い草につきあっておられず家を出た。私は苦手だけれど、妹は気も小さいし母の言うことに従うのが楽に違いないと、思い込んでいた。

あとの祭りという言葉の重みを、私は身をもって知っている。

物置小屋の暗がりにぶらさがっていた妹を見たとき、私は思ったのだ。

「やっぱり……」と。

私も母も、妹のことを心配し、世話を焼いてはきたものの、妹の深い心のうちを汲《く》み取ろうという気がなかった。常に私たちは正しいから。そして正しさはいつも自分以外の他人を貶《おとし》める。よほど辛かったのだろう。だからって、首を吊ることはないと思うが、死んだ者は何も語らない。妹がどんなに苦しんでいたか、その心を深く考えもしなかった。

私は、母の性格が苦手だった。それはたぶん、私と母が似ていたからかもしれない。箸《はし》の上げ下ろしから、布団の畳み方まで、母はすべてにおいて正しいやり方を知っていた。それは絶対的に正しく、正しいからこそ従うべきであり、他の意見は一切、認めなかった。私は母に比べて遥かに人の意見を聞くほうだと若い頃は思っていた。責任感もあり、自分の考えをもっていると……。だが、妹の死は、私の自信を揺さぶった。

妹の三回忌の頃だろうか、妙な夢を見た。

物置小屋のなかに妹がいる。ああ、良かった間に合った。まだ首を吊ってはいない。生きているわ。私はそう思ってほっとして、妹に声をかける。薄暗い小屋の中は古いベビー簞笥《だんす》や、使わなくなった三輪車が捨て置かれている。年を経ているはずなのにベビー簞笥のピンクや黄色、水色の水玉模様が色鮮やかで、ピエロの小道具のように闇に映えている。三輪車の赤い色もあでやか。妹はいつのまにか幼女になっていた。愛くるしい顔で振り返ると、私を見て泣き出すのだ。私はびっくりして、どうして泣くのかと妹に尋ねる。すると、妹は小さなひとさし指を私に向けて「ユーレイ！」と叫ぶ。何をバカなことを、と足元を見ると、私の足が消えている。ちょうど膝の上あたりから足の輪郭《りんかく》が薄くなって、脛《すね》のあたりは地面が透けて見える。はっと見れば私の右手には首つりロープが握られている。私は驚いて天井を見た。遥か上方にうっすらと明かりが見えた。まさか、死んだのは私なのか。

寝床で目が覚めた時、まだ手にロープの感触が残っていた。

以来、私は生き方を変えた。

気になったことに、こだわるのだ。身近な人間に死なれてみればわかる。サインはあった。無数にあった。不審な黒目の動き、ため息、一回で切られた電話、言葉尻の重たさ、理由なき反抗。そういうものをすべて無視してきた鈍感さに、嫌気がさした。

私が小説を書くようになるのは、妹が死んで十年が経った頃だった。

十年の間、私はよく人間を観察し、できる限りサインを見逃さないように努力してきた。気にかかったものに足を止め、ふらふら道草をするめんどくさい生き方を選んだ副産物として、小説が書けるようになったのであり、これは妹が私に残してくれた財産だ。

そういうわけなので、夫も娘も、精神的に問題がありそうな女性を家に置いていることに関して「寛大」であった。

枕カバーを替えに行くと、りん子が慌てて携帯電話を隠した。

「あら、携帯を持っているのね」

なに食わぬ顔で探りを入れてみた。時折、りん子はどこかに電話をかけているのだ。どこにかけているのかしらと思っていた。電話をかける相手がいるのだな……と。

彼女は困ったような顔をした。

「でも、つながってませんから」

「つながってないってどういうこと？」

「お金を払えないので、電話が止められてるんです」

それを聞いて、私は笑った。ほんとうにおかしな子だ。

「じゃあ、それはなんのために持っているの。カメラ？」

りん子は返事をしなかった。つながっていないのなら、この子は誰に電話をかけていたのかしら。もしかしたら、死んだ恋人とやらに電話をかけていたんじゃないか、そんな気がした。いったいどんな気持ちでつながらない電話を耳に当てていたのだろうか。あるいは、この子は本気で死んだ恋人としゃべっているんじゃないだろうか。

臨床心理士をしている友人に、りん子のことを相談したのは、保険のようなものだった。肉親に自殺された者なら誰でも知っている。人はまるで旅行に行くように「行ってきます」と死ぬのである。あの娘は死ぬかもしれないと思った。ある朝、庭の松の木で首でも吊っていそうである。

私の話を聞いた友人は「専門家にまかせたほうがいいんじゃないの」と言う。

「専門家というのは、つまり精神科医ってことかしら？」

「うちの病院でもいいわよ」

「でも、本人がそれを望まない限り難しいでしょう?」

「それはそうね。だったらもっとオープンな公的なサービス機関があるから、それを利用してみたらどうかしら。なんにしても、その子をずっとあなたの家に置いてめんどうを見るわけにはいかないでしょう」

「もちろんそうなのだけど……」

「なにか障害があって働けないようなら、生活保護を受けるという手もあるわ。そのためにも働けないという診断書が必要よ」

きわめて事務的なことを友人は言った。こういう現実一辺倒の意見にも、私は違和を覚える。制度は人間のためにあるのであって、人間を制度に押し込めてはいかんと思う。

「おっしゃることはわかるわ。だけど、どうなのかしら。人間ってね、病気とまではいかなくても、ちょっと弱っていて休みが必要ってことがあるんじゃないかしら。そんな大げさなことじゃなくても……」

「もちろん、そうだと思うわ」

「だから、ほんの少し様子を見て、自分がやる気になったら後押ししてあげようかしらと思っているんだけれど、これもおせっかいなのかしらねえ」

「現代だとおせっかいと言うのかもしれないわね。昔はどこの親族にも働かないごくつぶしがいて、そのめんどうを見るおせっかいなおばさんがいたものだけど、時代が違うから」

おせっかいなおばさんという言葉に私は苦笑した。この友人は四十代後半なのだが独身で、今後も結婚する予定はないらしい。男にはあまり興味はなく早々とおばさんとして開き直ってしまったタイプだ。そのような悟りの境地にすら至れず、いちいち「おばさん」という言葉にひっかかってしまうことが我ながらうっとうしい。気にかかったことは見逃さないようにしてきた代償として、つまらぬこともひっかかってくるのである。

「坐禅をすすめてみたのだけど、どう思う？」

「坐禅？」

「そう。私が企画した坐禅会があるんで、そこに参加させようかと思って……。まずいかしら」

坐禅ねえ……と、小馬鹿にしたようなニュアンスが伝わってきた。彼女は自分を科学者だと自負しており、非科学的なことを見下す傾向がある。

「どうかしらね。私は体験したことがないからなんとも言えないわ」

「精神医療はフロイトから始まっているけど、二五〇〇年前から人間の心を扱っているのだから、心理学ももっと視野を広く持ってもいいのじゃないかしら」

「仏教に興味をもっている心理学者はたくさんいるけれど、私は行動療法が専門だからもっと現実的なのよ。魂の領域は仏教にまかせるけれど、現実問題として社会適応していくためには行動の条件づけが必要でしょう」

「つまり、ドッグトレーナーみたいなもの?」

「あら、ずいぶんなことをおっしゃるのね。でもその通りよ」

確かに、りん子には社会適応のための調教が必要だ。いきなり坐禅はハードルが高すぎるかもしれない。強気のわりに人の言葉に影響を受けやすい私は急に不安になった。

「で、その坐禅会は、専門家がついていてくれるの?」

「もちろん。優秀な禅マスターが一緒よ」

「だったら大丈夫じゃないの。ただね、なんにしたって本人にやる気がなかったら無意味なんじゃないかしら。その子が四十分、じっと坐っていられるとは思えないわ」

「やる気ねえ……」

そういう前向きさはまったく感じられないが……。もし、アイリーンが言うように坐禅に意味を求めてはいけないのなら、やる気のないりん子こそ、まさに坐禅に向いているのではないかとも思った。

「ねえ、以前にうつ病の人は美形が多いと言っていたけど、そういうものなの?」

私はふと思いついたことを聞いてみた。

「ああ、そんなこと言ったかしら。そうね、うつ病の人には独特の風貌があるわ。独特の透明感というのかしら。男も女もちょっと線が細くて美形が多いわね」

「その娘、美人なのよ。うつ病かしら」

「美人だからって、みんながうつ病にはならないわよ」

「そりゃあそうだろうけど……。なんだか一緒にいると美人すぎて落ち着かないのよ」

友人は大笑いした。

「それは、コンプレックスって奴じゃないの？」

「コンプレックス？」

内心、あんたに言われたくないわよ、と思う。

「女は誰だって、美人と一緒にいると落ち着かない。いやなものよ、引き立て役みたいでね。だから美人と一緒にいるのは必ず美人よね」

「逆説的に、私たちは友人というわけ？」

「そういうこと。それよりあなた、そんな美人を家に置いて、ご主人は大丈夫なの？　男ってのはね、いくつになっても美人には弱いものなんだから。気をおつけなさいよ」

お互いの劣等感を突き合って終わるのが同性の友人との会話というものだ。電話を切ったあとの所在なさ。少しの間、元の自分に戻るための時間が必要になる。ぼんやりしていると、また妹のことを考えていた。

妹は愛らしかった。成長するに従って、私たち姉妹は容貌を比較されるようになった。そしていつも「まあ、可愛い」と言われるのが妹だったことに、私は人知れず傷ついていたのだ。この傷だけは誰にも見せることができなかった。容貌への劣等感に蝕《むしば》まれている自尊心は私の恥部だからだ。

お盆や正月に親類が集まって、子どもの私たちにおこづかいをくれる時なども、妹が先にもらっただけで「やっぱり妹のほうが可愛いのだ」とひがんだりした。なんにしても自分のほうが先でなければ、ないがしろにされた気持ちになったのは、妹が私よりも可愛かったからなのだ。くだらないことだと思うが、一瞬にして嫉妬の気持ちが発火するのであるからどうしようもない。条件反射のようなものだ。

容貌でひけをとっている分を、どこかで挽回しようとしていたところが私にはある。せめて勉強で、文章で、絵画で、妹よりも抜きんでていたいという思いがあった。心のどこかで妹を疎《うと》ましく思っていたような気がする。

妹が亡くなってからというもの、以前ほど容貌というものにこだわらなくなったのは、美しいことが幸せとは関係ないという現実を知ったからだろうか。しかし、だとしたらそれもまた私の傲慢《ごうまん》ではないのか。けっきょく、いまだに私はやはり、美醜《びしゅう》というものから逃れられていないのではないか。

そういう自分をおぞましく感じているから、りん子の闇の中に足を突っ込んでしまったんだろうか。

私は自室の鏡の前に坐り、自分の顔をじっと見た。

もう四十も後半となり、どっから見ても中年のおばさんである。こんな女の容貌を誰が気にかけるものか。しかし、そうは言っても、少しでも美しく見られたいという思いを消し去ることもできない。それに気がつけないほうがよほど楽で、気づいていながらどうしようもない、というのは実に情けなく落ち込むことである。若い頃なら腹を立てて怒っておればよかったことが、年を経ればそれは自分の心に問題があることに気づく。しかし、気づいたから悩みが消えるというわけでもないのだ。世の中に出回っている「生き方本」には「気づけば変わる」と大嘘《おおうそ》が書いてある。変わるわけがない。現に、私は気づいているが、ちっとも変わらないではないか。

女の私が美にこだわるのだから、男だって美しい女への憧《あこが》れは、いくつになっても持ち続けるに違いない。ましてや自分が老いてくればなおさらではないか。

私は、りん子が来てからそれとなく客間を気にしてそわそわしている夫の、妙に浮わついた態度が気になっていた。私から見れば、ただ顔がきれいなだけの垢《あか》抜けない娘なのだが、その垢抜けなさも美貌によって妖艶な魅力になってしまうことが不可解であった。

あの子がまた来ました。

年下の彼の元カノ。彼は「彼女とは別れるから」と約束してくれたのに、まだ彼に未練があるんだわ……と、私は彼女に優越感を覚えました。優越感って、よいものです。心が巨人になります。

「ほんわかキッチン」を出て駅に向かって歩き始めると、彼女は私の後ろを自転車を押してついてきました。とても怖い顔をしていたので、足を速めると、「ちょっといいかしら」と、追って来ました。

彼女には勢いがありました。まるで、不審者を尋問する警察官みたいな口調で私をまたスタバに誘いました。なぜこの人、こんなに強気なんだろう。このあいだとは全然違います。別人みたいに生き生きしている。頬は紅潮し、目は爛々《らんらん》と輝いて……。

席に着くなり、視線が吸いついてきました。敵意のある攻撃的な視線が、私の顔の中心にグリグリめりこんできます。

「私ね、どこかで、あなたを見たことがあると、思っていたの」

息が止まりました。

来た。とうとう来たのだ。世界がぎゅうっと縮まってきて肺が押しつぶされそう。この人は、私を殺しにやって来たのだ。だからこんなに生き生きしているのだ。相手をいたぶるのは快感なのです。みんな興奮して獲物を狙う猫みたいな目になるのです。

「いったいどこで見たんだろうって、なかなか思い出せなかった。おとといね、ふと、ひらめいたの、まさか、って」

視線ビームに感電して頭がびりびりします。

「でもまさかだった。ね、そうでしょう?」

彼女はじっくり観賞していました。しげしげと、珍しそうに、私の顔を。

「あなた、彼を騙《だま》して恥ずかしくないの?」

「だます……?」

大きな声に驚いて、後ろの席の誰かが視線を向けたようです。後頭部にビームが当たり、私は思わず「痛っ」と声をあげました。視線攻撃が始まりました。彼女に反応して視線が集まり始めたのです。

「私、見たのよ、YouTubeにアップされてたの」

ああ……。そうなんだ。そんなことされているなんて。知らなかった。

「彼も、一緒に見たわ」

どんどん、集まって来ます。敵を攻撃する蜂の群れみたいに。

「彼、どうしたと思う?」

私は首を振りました。蜂がまとわりついてくる。

「映像を観て、吐いていたわ。げえげえって」

やめて。思わず耳を塞《ふさ》ぎました。

「もう、あなたとは会いたくないと言っている。だから、二度と連絡したりしないで」

そう言って、彼女は席を立って行きました。勝利のファンファーレに送られて、正義を勝ち取った勇者のよう。

私は自転車で走り去って行く彼女を窓越しに見ていました。なぜか「食うか食われるか」という言葉が浮かびました。この世は野生の王国で、あの子はライオン、私は草食動物。食い殺された上に踏み潰された気がしました。私はもはや、原形すら留《とど》めず、何台もの車に轢《ひ》かれぺったんこになった動物の死骸です。

私はしばらく坐りの悪いスタバの椅子で金縛りに遭《あ》っていました。

そのうち、若さが最終兵器みたいな女子高校生たちが制服姿で入って来ました。完璧なアイドルメイクをした美人ばかりでした。自分たちが可愛いことをちゃんとわかってい て、集団でそれをアピールしています。私たち可愛いでしょ。イケてるでしょ。そうやって「女子高生」を演じているんです。私はしばらくそのお芝居を眺めていました。それぞれが演じることに命がけで、ドラマを見てるみたいでした。彼女たちのいる場が舞台。周りは全部、観客です。

一人の女の子が私の視線に気づいたようでした。チラ見しながら、小声で友だちと何か言い合っています。私の顔の値踏みをしているのがわかりました。

戦闘的な目です。怖くなった私は立ち上がり店を出ようとすると、背中で一人の女の子が言いました。明らかに聞こえるように。

「あれ、整形かも……」

自動ドアが開くと、通行人が一斉に私を見ます。灰色の空が禍々《まがまが》しくて、なにかとても悪いことが起こる前触れのように感じました。

総武線《そうぶせん》に乗り、なんとか無事に部屋にたどり着きました。最寄りのどの駅からも遠い築三十年の古アパート。今の私に住めるのはせいぜいこんな二階建て木造モルタルの部屋なのです。

薄汚れた畳が湿気でひんやり冷たかった。引っ越しばかりしているから家具もなく、日当たりも悪く、牢獄みたい。もっと明るいきれいな場所へ行けるはずだったのに、なぜ私はこの穴から出られないんでしょう。

悲しいのか、悔しいのか、怒っているのか、よくわかりません。こうなるような気がしていたし、これでいいような気もします。涙も出ませんでした。きっと私は不幸慣れしてしまっているのです。あんな女の子たち、見返してやればいいのに、それができません。怖いんです。いつもやられっぱなしだった。反撃したら、なにをされるかわからない。だったら、踏みにじられても我慢したほうがいい。いつしかそう思うようになっていました。それでも、十代の頃はまだ悔しい気持ちがあった。怒りもわいた。どうしたら見返してやれるんだろうと思っていました。今となっては、そういう気持ちすらわいてこないんです。

あーもう終わりだ、と私は畳にごろんと横になりました。

寝ころんだまま携帯を取り出して、仙台の彼から来たメールを何度も読み返し、彼との出会い、彼とのセックスを思い出していると、少しだけ気持ちが楽になってきました。携帯メールの文面や顔文字が小さな液晶に流れていきます。

彼は最後まで私のことを心配してくれたのだ。自分が死ぬかもしれない時に電話をかけてきてくれたのだ。そのことを思うと、泣けてきました。私を好きになってくれた人が、守ってくれていた人が、今はいません。どこからか彼の車の中で聞いた「真夏の果実」が流れてきます。涙を吸った畳の色がうっすら黒くなっていくのを見て、私は意地になって泣きました。この畳が真っ黒になるまで泣いてやる！　バカですよね。

あの津波の日に、私は別の人とセックスをしていたのです。

それなのに、私は淋しくなると、最後に彼がくれた電話の着信履歴に電話をしてしまうのです。もちろん繋がりませんけれど、プッシュトーンが鳴って、電波がどこかに飛んで行くのが、うれしいのでした。

この電話はいつか彼に繋がる、そんな気がしてしまうんです。

りん子の格好があまりに貧相なので、娘に断わって何着かの古着を進呈したのだが、着せてみると思いのほか愛らしく、娘よりもずっと見栄えがする。

「似合うわねえ、あなた年よりずっと若く見えるわ」

褒《ほ》められても、りん子はさして嬉しそうでもなかった。

「あなたも、もう少しほがらかになったらいいわ。せっかく美人なのだから、ほがらかで笑顔でいれば、そのうち運勢も上向きになるというものよ。いつもそんなつまらなそうな顔をしていたら、幸せも逃げてしまうわ」

そう言ってから、なんとくだらない教条的なことをしゃべっているのだろうと、反省した。

「アイリーンが、明日やって来るの。ホテルをとってあるけれど、一日は我が家に泊まってもらうつもりなのよ。それでね、この客間をアイリーンのために空けるから、あなた、悪いんだけどその日だけは私の部屋に寝てくれるかしら」

「すみません……。私がお邪魔しているばかりに」

「いいのよ。こっちが誘っているんだから」

私は、りん子がいつかは自分から素性を明かすだろうと思っていた。本人が語り出さない以上は、こちらから詮索《せんさく》するのはやめようと。

だが、りん子はいっこうに自分からは何も言い出さなかった。他人の家に世話になっていながら、どこかしゃあしゃあとした風情なのである。もちろん私が好きでおせっかいを焼いているのだから、感謝しろとは言わないが、いつまでも自分の世界に閉じこもっているこの娘を見ると「その悲しみ温泉から出なさい」と怒鳴《どな》りたくなってくる。

「それで、あなた、自分の部屋というのかしら、住まいはどうなっているの？　見たところ帰る場所がないようなのだけれど」

そう切り出してみたところ、家賃を滞納したままアパートを出てきてしまったのだと言う。

「どこに行くという当てもなく出てきたの？」

「ネットカフェに泊まって、なにか仕事を探そうと思っていました」

「まあそうね、あなたくらい美人なら、繁華街に行けばいくらでも雇ってくれそうな店はあったでしょうね」

「人の前に出るとあまりしゃべれないので、そういうお仕事はちょっと……」

いわゆる、対人恐怖症というものかしら。

「私の前では、しゃべれるじゃないの」

「はい……。でも、緊張します」

その日、私は仕事の合間にりん子を誘って、井の頭公園まで散歩に出かけた。あまり家にばかり閉じこもっているのもよくないだろうと思ったのだ。

公園の中央には大きな池があり、弁財天が祀《まつ》られた神社がある。桜の蕾《つぼみ》がずいぶん膨らんでいた。ここが満開になると、辺りも騒々しくなる。犬を連れて散歩している人、絵を描く人、ジョギングする人、様々な人が公園に集《つど》い、思い思いの時間を過ごしている。

公園一周すれば四十分ほどの道のりで、散歩にはちょうどよかった。

娘のデニムジャケットを着たりん子は、ちょいと見には二十代のようだった。

池にかかる橋の上から、水面を見下ろしたりん子はめずらしく笑顔で私に言った。

「この池の鯉《こい》の話が、先生の本に出ていましたね」

ああ、そうだった。夏目漱石《なつめそうせき》の『道草』に出てくる鯉を釣る話にひっかけて、エッセイを書いたことがあったのだ。私はこの池の鯉たちが餌《えさ》を求めてぽっかり開ける口の、その虚空《こくう》が恐ろしく、その口の穴を見ているとそこに吸い込まれて消えてしまいそうに感じる。ふと、この娘の顔にもぽっかりと穴が開いていて、その穴に吸い込まれてしまいそうだと思った。鯉を見つめるりん子を見ていると、この子はもう死んでいるのではないか、実はここにこうしているのは幽霊なのではないか、と思わず足元を確かめてしまった。そういえば怨霊となるのもたいがい美人である。

「中国に、面白い逸話があってね。それは渾沌《こんとん》の神の話なのよ」

「渾沌？」

「そう。渾沌は顔がなかったの。だからね、他の神様が気の毒がって渾沌の神に顔を彫ってあげたのよ。そうしたらね、渾沌は死んでしまったの」

「なぜですか？　なぜ死んでしまったのですか？」

「渾沌はすべての始まり。無分別だからよ。なにかを刻んだ瞬間に、それはもう渾沌ではなくなってしまうから」

りん子はわかったのかわからないのか、ぼんやりと口を開けて聞いていた。

「あなたは、私の小説のどういうところがお好きなのかしら」

「先生の小説を読むと、ほっとします」

「そういう人はめずらしいわ。たいがいの人は気味悪がるのよ」

「そうでしょうか……。先生はお優しい方だと思いました」

「作者と作品は別物ですよ」

横から見るりん子の輪郭は完璧だった。ほれぼれとするような鼻梁《びりょう》、そして唇からゆるやかにS字を描く顎の線。

自分がこんな顔に生まれついたら、どんな人生を歩むのだろう。

そう思った瞬間、私は高校生に戻っていた。妹の寝顔を見ながらそう考えた時のことがありありと心に浮かび、物置にぶらさがっていた妹の影が、目の前のりん子と重なっていった。


あの年、アイリーンのところへ行ったのには理由があった。震災や放射能汚染の喧騒から逃れるためではなかった。私はただ日本を離れたかったのだ。

そのことについてまだ自分の気持ちを整理することができないでいる。私は一人の男に好意をもった。相手の男性は精神科医で、特に乖離《かいり》障害の分野では日本でも名の知れた研究者であった。

私は小説の取材のために彼を訪ね、何度か会ううちに五つ年上の彼の知性や、人間への鋭い直感力に敬意を抱き、そのうちに異性として意識するようになっていった。

相手は、配偶者をガンで亡くしており、すでに子どもも成人して、大人のつきあいをする相手としては申し分がなかった。相手も同じように好意をもっていると直感していた。何度かお酒の勢いで抱きあったり、口づけを交わすこともあったが、お互いの家が都内にあったため、あえてホテルに泊まって肉体関係をもつという機会を作ることはできなかった。

若い頃のように酔っぱらった勢いでラブホテルに入るような年齢ではない。だが、時間をかけてつきあっていけば、いつか二人でお忍びの京都旅行くらいは行けるような間柄になるはずだという確信があった。

ところが、その相手が、いきなり再婚すると言い出したのである。

相手の女性は二十歳も年下の美人医師。同じ研究所に勤めており、彼女は彼がロンドンに短期留学した折り、彼を追ってロンドンまで行ったそうだ。もちろん彼女は独身で、これから彼の子どもだって産める年齢だ。

ロンドンから戻った彼と久しぶりに再会して、新丸《まる》ビルにあるタイ料理店で食事をした折り、あまりに唐突に結婚するという話題を切り出された私は「おめでとう」と引き攣《つ》って答えるしかなかった。

「あなたとは、これからも良き異性の友人として仲良くしてもらいたいと思っている」

と彼は言った。

「私は友人ではなく、あなたのことを恋人だと思っていた」とは言えなかった。曖昧《あいまい》に笑って「そうですか」と目をそらすのがやっとだった。

再婚相手に関しては、非の打ち所がなかった。そのような素晴らしい相手から好かれるのも、この男が良い男だからであり、私が好きになるものは、他人だって好きになるのだろう。私はそれ以降、男とは会っていない。こちらから連絡をしていないし、相手からも連絡は来ない。

若作りをすればなんとかなると思っていたのだが、男と別れて以降、鏡に映る自分の顔は日増しに老けていくばかり。

私は、いままでうぬぼれ鏡を見ていたのかしら、と不思議に思った。

相手も自分を好いていると思い込んでいる間、私の顔はずっと若々しく華《はな》やいで映っていた。いまや目の下の皺やくま、口元のくっきりとしたほうれい線のたるみばかりが気になるのである。

男が再婚を打ち明けたのは、二〇一一年の七月だった。

正直なところ、私には震災などどうでもよかった。ただただ、もう男と会えない、もう相手が自分に異性として好意をもっていないという失恋の淋しさだけがこみあげてきて、自分の女としての人生は終わりだと思った。

他人から見れば、結婚している中年女のたわけたお遊びに過ぎないだろうが、私にとってはこれもまた大津波だったのである。くだらない男女関係の戯言《ざれごと》でダメージを受けていることを重々承知していた。これは、私の心が創り出した雑念による苦悩、妄想であることはわかっていたが、顔を見れば衰えていく自分の心身、増えていく白髪ばかりが気になり、男が再婚するという若く美しい女医のことが嫉ましくてたまらないのである。やっぱり男は若くて美しい女のほうがいいのだ。まったくいまいましい。もし、私がもう少し美貌をもっていたなら、男を引き止めておけたのだろうか。これから先、どんどん老いていくとなれば、もう恋愛などという大それたことからも縁遠くなってしまうんだろうか。

バカなことを……と思いつつ、失われていく自分の若さに固執してしまう。そういう自分をもてあましていた時に、私はアイリーンの著書『女と禅』の推薦文を頼まれた。

一読して、これだと思った。

自分も坐禅というものを通して真我に触れ、歪みを正していけばよいのだ。そうだ、失うことを恐れていたら、いつまでたっても心の安定は得られない。容貌の衰えなど誰しも通る道。男に振られてなにをくよくよしているのか。そもそも、世の中が震災で大混乱の時に、皺が増えようが、頬が垂れようが大した問題ではない。悩みの質が低すぎる。この自分の性根をたたき直さなければ、残りの人生が無駄になる。もっと有意義なことに意識を使うのだ。そのためにこそ心の平安が必要だ。

しかし、頭は禅の道に突っ走っても、心のほうはそうもいかない。この年で色恋事から引退するというのもまた、どうにも釈然《しゃくぜん》とせず、男は歳をとっても若い女と添えるのに、どうして女だけが容貌を問われるのかと、またぞろ同じ問いを蒸し返してしまう。女はいつまで女なのか。問いは際限なくループし、そういう自分にほとほとうんざりし、ああもう、晴れ晴れと「おせっかいなおばさん」として生きていけたらどれほど楽だろうか。

私は、女が坐禅とか瞑想に向かう目的は、つまるところ自分の色気や性欲に楔《くさび》を打ち込みたいがためではないかと思う。女は、どこで女を止《や》めていいのかわからないのである。女に悟りはあるのか。女であることを超越できるのか。煩悩《ぼんのう》が深いから救いを求める気持ちも強いのであり、坐禅をしたいと思う気持ちこそ「釈迦からの呼びかけ」であろう、と、勝手に決め込んだ。

そういう時に、りん子は現われた。

あの日、お店の空気がいつもと違うことはすぐわかりました。

空気はべたっと重くて沈んでいました。

いつもなら「おはよう」「今日もいい天気だね」と声をかけ合うのに、なぜかみんな、私と目を合わせようとしないのです。

着替えのロッカー室にいたパートさんも「お先に」と、そそくさと出て行ってしまいます。三角巾《さんかくきん》をつけてショーウィンドウの掃除を始めると、調理場の人たちがチラチラとこちらを盗み見しています。

私はすぐに事態を呑み込みました。こういうことは、これまでもあったから驚きはしません。またか……と思うくらいです。でも、何度となく経験しても、痛みに慣れるということはないのです。その度《たび》ごとに苦しく、辛いのです。心の痛みが薄らぐことはないのです。

みんなが、私の顔を見ています。

その好奇の目。化け物を見るような目がわかります。

視線って正直なんですよ。視線は言葉と同じなんです。人は視線で感情をぶつけてきます。視線攻撃を受けた人にしか、視線の怖さはわからない。視線には温度もあるし、感触だってあるんです。良いものも悪いものも、視線は身体を貫いて心に届く。そういうことを、普通の人はなにげなくやっているんです。

「ほんわかキッチン」では、いつも二人ずつ交替でお昼ご飯を食べます。

この日、私は古株のパートのおばさんと二人、パーテーションで仕切ったスタッフルームでお昼ご飯を食べました。

いつもはおしゃべりなおばさんが、あまり口をききません。

私も黙って、賄《まかな》いのお弁当を食べました。まったく味がしませんでした。どうやったらいつも通りにふるまえるか、それればかり考えていました。動揺を隠して、平静にしていること。なぜそうしなければならないのか理由はわかりません。そうしないとここに居られないから、本能的に平静を装っているのです。

お茶を飲み終わったあと、おばさんは私の顔色を窺いながら、決まり悪そうにごそごそと白衣のポケットから丸めた紙を取り出しました。そして、私の前に差し出しました。

私は、しばらくその紙を見ていました。開くのが怖かったからです。

「それがお店のシャッターに貼ってあったんだよ。ひどいことする人がいるんだねえ……。あんたもたいへんだろうよ」

おばさんの黒目は落ち着きなく左右に揺れていました。心の動揺が目に出ているのです。口元も緊張していて、好意とも侮蔑《ぶべつ》ともつかない形に歪んでいました。

受けとった紙片をかさかさと開くと、やはり思った通りのものが印刷されていました。

「私もね、その番組、観たことあるよ。あんたの回じゃなかったと思うけどね。観てて思ったよ。いくらきれいな顔に変えたって、生まれた子どもは自分に似てるだろうし、この先、結婚してずっと旦那をだましていくわけにもいかないだろうし、いったいどうやって生きていくのかねえって。まさかねえ、あんたも……。びっくりしたけどねえ」

気がつくとぶるぶる身体が震えていました。おばさんの口が動いています。でも声がよく聞こえない。まるでプールの中に沈んだみたいにすべての音がぼやけて聞こえ、名前を呼ばれても、立ち上がることができなかった。

「すみません……」

そう呟くのがやっとでした。

「謝ることあないさ。みんな驚いたけどね、不憫《ふびん》だねえって言ったんだよ。だけどね、人間はね、見た目じゃないんだよ。心だよ。どんな顔だって、親からもらった大事な身体なんだからね」

涙が止まりませんでした。私はどれくらいの間、泣いていたんだろう。わかりません。しばらくすると店長がやって来て言いました。

「今日は、もう無理だろう。帰りなさい」

それで、私は黙って着替えをして、店を出ました。

どうして私をそっとしておいてくれないんでしょうか。私はただ、人並みの容貌になりたかっただけなのに。人間は、相手を人間だと思わなければどのようにも残酷になれるのです。そして、私はきっと人間じゃないんです。人間だと思われていないんです。

耳の奥でたくさんの虫がうわんうわんと唸《うな》っています。頭の中が唸り声でいっぱいになって、足下がふらふらしました。歩いていると地面がぐらぐら揺れて、何人もの人にぶつかり、視線攻撃を受けました。なぜみんな視線の凶器をもっているのでしょう。私にはその武器がありません。だから、視線で反撃できません。人間はいつも戦っているんです。視線と視線との戦い。そして強い者が勝つのです。

気がつけば青山《あおやま》通りに出ていました。交差点はすごい人です。みんなが私のことを見ている。たくさんの目がひゅっひゅっと音を立ててコウモリのように飛んできます。私の身体は視線で切れて血だらけでした。

交差点で腕をつかまれました。振り返るとピアスをした男の人が笑っています。目からねばねばした粘液を出しています。

「一人？　きれいだね」

薄い唇からピンク色の舌がぬるっと出てきました。私は思わず手を払いのけ後ずさりました。爬虫《はちゅう》類のような真ん丸い目がぐるぐると動き、男のペニスが股間から盛り上がってきます。私は叫び声をあげて逃げました。きらきら光る大きなビルのスクリーンに映し出されたアイドルたちが人々を見下ろし踊っている。そのなかの一人に私の顔がありました。あれが、私の顔だと思いました。

あれが私なら、私はだれ？

私はずっとスクリーンの前に立って見上げていました。大音響の音楽。楽しそうに、くるくると、たくさんの女の子が踊ってる。きれいな顔。ウインク、笑顔、すねたり、怒ったり、全部、演技です。

どれも同じ顔に見える。

無数の顔。顔。顔。

目が回る……。

ひどく喉が渇いて、目が覚めたのだから私は寝ていたのでしょうね。

アパートでした。いつ戻って来たんだろう。時間の感覚が変になっていて、目覚めたのにまだ夢のなかにいるみたいな気分です。

水を飲もうと蛇口をひねりました。

だらだらだら……、水が蛇のように這って黒い穴に吸い込まれていった時、誰かが耳元で囁いたのです。

「死ね、死ね、死ね、死ね」

びっくりして、水を止めると消えました。以来、水洗便器の穴を見ても、シャワーの排水溝を見ても「死ね、死ね、死ね、死ね」と聞こえてきました。穴の奥に何か棲《す》んでいるのです。黒くてどろどろしたもの。生きている。そいつが私に囁いてくるんです。なんだろう、きっと地下の奥深いところから、水道管を伝って地震で亡くなった人たちの霊が上がってくるのだと思いました。私のような生きていてはいけない者がのうのうと生きているので、死者が怒っているのです。声を聞いているうちに自分も亡霊のような気持ちになりました。恨めしい。呪ってやる……と。

私の顔を見て吐いたという、あの年下の恋人にメールしてやりました。

死ね！　死ね！　死ね！　死ね！　死ね！　死ね！

送信したら、ものすごくすっとしました。視線攻撃はできないけれど、言葉攻撃ならできたのです。

思い知ったか。オマエなんか、死んでしまえばいいのだ。

携帯の中には仙台の彼が詰まっていて、触ると指先から染み入って来ます。なぜ、あんな優しい人を裏切ってしまったのか、ひどく悔やまれて、彼から来た短いメールを読み返すと淋しくて、誰でもいいから抱いてほしくなります。

そのうち電話代が払えなくなって携帯が止められて、ガスも電気も止められて、大家さんにも出て行けと怒鳴られ、漫画喫茶やネットカフェで過ごすようになりました。

どんなに耳を塞いでも頭の中で誰かがずっと私を蔑《さげす》み、ののしり続けています。怒っています。悲しんでいます。ぐちゃぐちゃです。もう、いいかげんにしゃべるのを止めてほしい。目を閉じても、叫んでも、夢の中でも、しゃべり続けている。うるさい。うるさい。うるさい。

時々、トイレで吐きました。

「だから、おまえはダメなんだよ、なにやってんだよ、このブス」

トイレの落書きまでしゃべっています。手を洗って鏡を見ると、見たことのない顔がそこに映っています。これは誰なのかな。私は顔に触ってみます。触っても冷たいだけでなんの感触もありません。やっぱり、これは私の顔ではないのだわ。だけど、だとしたら何なのかしら。身体の上に乗っているこの物体が顔とは思えず、なにかこう、宇宙から飛来した謎の生物のようです。謎の顔面体です。

私は自分の顔を失《な》くしてしまいました。

顔のないままに、街をさ迷う亡霊になりました。

いろんな男の人が声をかけてきて、ご飯をご馳走《ちそう》してくれました。みんなこの美しい顔面体が欲しいのです。この生物がいれば、どんな身体でもいいのです。この生物にご飯を食べさせ、ホテルに連れて行くのです。そして顔面体を見ながら私の身体を喰らって捨てるのです。謎の顔面体はその様子を見て笑っています。それでも心はいつも淋しいので抱かれると嬉しいのです。お金がなくなると、顔面体が口を開けて「腹が減った」と叫びます。仕方なく街に出て立っていると、誰かがご飯を食べさせてくれ、お腹いっぱいになると肉体に命令するのです。この人に身体を捧《ささ》げなさい。身体は言われた通りに裸になります。顔面体がそれをじっと見ています。

私は完全に、顔面体に寄生されていました。

でも、時々ふっと、私に戻る時がありました。何かの力で、呼び戻されるのです。私にもどった時、顔面体はマネキンのようにじっとしています。

気がつくと、薄暗い部屋にいました。

赤、水色、黄色の水玉のベビー箪笥、赤い三輪車、お人形、いろんなものが雑然と置かれていて、どうやらそこは物置小屋のようでした。捨て置かれた物たちは古道具なのに色鮮やかで、サーカスの舞台裏に迷い込んだみたいです。ここはどこかしら。窓は見あたりません。辺りの様子がわかるのだから、どこかから光が差しているだろうに。不思議に思ってきょろきょろと見回すと、天井が抜けていて、頭の上が深いトンネルになっています。ずっとずっと上の方に丸い穴が開いていて、そこから届く淡い光でなんとか見えているのです。あ、ここは底なんだ、と思って見上げていると、光の穴の方からするすると紐のようなものが下りて来ました。なんだろう、私はそれをつかもうとするのだけれど、紐は左右に揺れてうまくつかまりません。爪先立って、ふらふらしながらようやくつかまえたものは、青いビニールロープでした。

ぷつんと、電池切れになって目が覚めました。なんだろう、変な夢。右手にははっきりとロープの感触が残っています。

ネットカフェの机につっぷしたまま、眠っていたようです。電子機器が並んでいるせいか、空気が乾燥して喉がじりじりします。

ぼんやりと、パソコンの画面を眺めていたらニュース速報の文字が右から左に流れていきました。

「作家の羽鳥《はとり》よう子さんが東京で震災死没者慰霊祭……」

慰霊祭という漢字の字面の怪しさが、なぜか私の心を揺さぶったのです。

主宰している作家の本を、以前に読んだことがありました。まだ高校のころです。同級生の子が「この本、面白いよ」と言ってくれたのです。

図書委員だった彼女はいつも図書室にいました。居場所のない私を目ざとく見つけて、遠慮がちに話しかけてきました。

「本、好きなんだ?」

私は、黙って頷きました。

「どんな本、読むの?」

「べつに、これと言ってないけど」

可愛くて親切な子。勉強もできて男子にも人気があった。同情はごめんだ。いたたまれないので立ち去ろうとすると、

「もっと、みんなと打ちとけたほうがいいよ」

と、彼女は言いました。

「自分から壁を作ってるんじゃないの?」

冗談じゃありません。私が完全包囲されてるんです。あなたたちの作った美醜という壁に。

彼女のような恵まれた人には他人の苦しみがわからないのだと思いました。その時、彼女が「この本、面白いよ」と、手渡してくれたのが、羽鳥よう子という作家の本でした。

「もう読んじゃったから、あげる」

そう言って私に無理やり押しつけて、軽《かろ》やかに去っていく後ろ姿。図書室の窓から午後の陽がさして埃《ほこり》が金粉みたいに光っていました。ぽつんと残された私は、戯《たわむ》れに摘《つま》れ、ぽいと捨てられた野草のような気持ちでした。

貰《もら》った本に書いてあったのは、作家の生い立ちでした。妹さんが自殺しているそうで

す。亡くなった妹と自分の関係をとてもあからさまに書いていて、びっくりしました。自分より美人の妹が憎かったこと。幼い頃から妹と比べられて不愉快だったこと。

《私は心のどこかで、妹に復讐をしようとしていたかもしれない。だが、私が本当に復讐したかったのは、たかが子どもの美醜にこだわる大人げない世間の大人たち、特に男たちにだったのかもしれない。あまりにも幼かったために復讐すべき相手を間違えてしまったのである。私には自分だってまんざらでもないという自負心があったため、よけいに自尊心を傷つける相手に怒りをもったのだが、その怒りの対象すら、理解していなかったのだ。》

なぜだろう、この人なら私のことをわかってくれるかもしれないと思ったのです。この人の書くものは、暗くて臭いヘビの穴みたいでした。読んでいると、どんどん落っこちていきそうです。深い深い穴。ちょっと怖かった。でも、穴の中に入ってみると懐かしくて妙にほっとしました。そこでは、私は私のままでいいような、そんな気がしました。

会いに行ってみよう。

どうしてそんな大それた気になったのか。私の中にまだ少しだけ、希望というものが残っていて、夢の中のロープみたいに垂れ下がってきたのでしょうか。顔面体は居坐っているし、穴の奥では亡霊たちが「死ね、死ね」と唸っていたけれど、私がなんとかお寺までたどり着くことができたのは、仙台の彼が助けてくれたからです。人混みの中で動けなくなって、道路に蹲《うずくま》ってしまった時に彼が、携帯電話の中からぴょんと飛び出してきたのです。びっくりしました。等身大の彼でした。なにも言わなかったけれど、いつもの優しい笑顔でした。そしてまた、携帯の中にシュッと、戻っちゃったんです。アラジンのランプの精みたいに携帯の中に入っちゃうなんて、やっぱり彼は死んでしまったんだ……と思いました。

ああそうだ、この人を供養《くよう》してあげなければ。

そう思ったのです。

わが家に慣れてきたりん子は、夕餉《ゆうげ》の支度なども手伝うようになっていた。

私は昼間しか仕事をしないので、夜は家族のために夕飯の準備をする。台所からりん子に声をかけると、もそっと起きてくる。まだどうも心ここに在《あ》らずだ。さあ、手を洗ってエプロンをつけなさい。まずだいこんを刻みなさい。指図すればのろいが素直に動く。包丁使いは慣れていた。多少の家事はできるらしい。

「りん子さん、台所に立つ時は髪を結《ゆ》わえるのよ。もうすぐ大事なお客様がいらっしゃるのだから、失礼のないようにお作法を覚えておきなさいよ」

二人で台所に立っていると、見ず知らずのこの娘が自分の娘のように感じられ、人間というのはあんがいと他人に対して大ざっぱなものだなと思った。一緒にいれば、だんだん情もうつるらしい。

「あなた、時々、電話をかけているようだけど、それって、もしかして行方不明の恋人にかけているのではないの？」

問いかけると、りん子は顔を上げず答えた。

「……はい」

「つながらない電話をかけるなんて、その人のことがいまでも忘れられないのね。どんな方だったの？」

「海の男でした。ヨットが大好きで」

「へえ、かっこいいわね」

「優しくて、ほがらかで、元気な人。泳ぎがとても得意でした」

「転勤で仙台に行ってしまったんです。それで、あまり会えませんでした」

「そうなの……最高じゃないの」

「でも、地震のすぐ後に電話があったんです。大丈夫かって」

「仙台で被災したのね」

「そうです。いい人です」

「心配してくれていたのね、いい人じゃないの」

「たぶん……」

「その人を好きだったのだわね」

「たぶん、ってことないでしょう。いまでも電話をかけてしまうくらいなんだから、それは好きなのよ」

熱い出汁《だし》の中にざあっと刻んだだいこんを入れる。りん子は包丁を持ったままぼんやりしていた。

「でも、私は他の人ともおつきあいをしていたんです。彼と会えなくて淋しくて不安で。けっきょくその人とも別れました。先生……、人を好きになるってどういうことでしょうか?」

直球の質問に、私は面食らった。

「その人の、幸せを思うということではないかしら。自分ではなく、相手の幸せを願うことが、人を好きになるということではないかしら」

そう答えながら、ああ、白々しいと思った。私は男の幸せを願っているだろうか。とんでもない。心のどこかで、男があの若い美人の医者と仲たがいでもしてうまくいかなくなればいいのに、くらいに思っているのだ。

「じゃあ、彼はほんとうに私を好きだったんですね……。それなのに私は彼を信じていませんでした。裏切ってしまいました。なぜだろう……」

あらあら、モテ自慢をしたいわけ? 自分に酔ってるんじゃないわよ。相変わらずこの娘の自意識過剰はうっとうしい。さっさと戸棚から茶わんを出しなさい。

「他の人とつきあったのは、あなたが身勝手だからでしょう」

「身勝手……」

「あなたの言い分だと、相手が自分を好きになってくれなけりゃ、こっちも好きにならない、そういうことになるわね。向こうが冷たいから、淋しいから浮気する。そういうのを愛情取引っていうのよ。愛情手形を切ってもらわないと不安なんでしょ。だけど、手形ってのはね、不渡りになることもあるのよ」

ちょっとこの娘には喩《たと》えが難しすぎたかしら。

夫が帰ってきたようだった。玄関の開く音がして、少しすると台所に顔を出した。

「いい匂いだね。だいこんのみそ汁か」

ふだんなら自室に籠って台所になど顔を出さないのに。りん子は夫にもあのうすら笑いを向けている。夫はまんざらでもなさそうだ。

夫だって男である、若い美人が家にいればご機嫌なのであろう。

この娘はいったいどれくらいの男と肉体経験があるのかしら。ふたまたをかけるくらいだから、案外と好き者なのかもしれない。永遠の処女のようなりん子の幼な顔を見ながら、日本の男はほんとうにロリコンだわとため息をついた。

「だったら先生、どうしたら人を愛して幸せになれるんでしょうか」

電気釜のごはんがいい具合に炊き上がった。むっと立ち上った白米の匂いを嗅《か》いだら、かつて抱擁《ほうよう》した時の男の匂いを思い出した。似ているわけではないのだが、炊き立ての白米はなまめかしい。

「それは、私が知りたいくらいだわ」

あの男と一度くらい裸で抱きあってみたかった。蒸れた白米をかきまわしながらそう思った。どんな肌の感触なのか、試してみたかった。好みの匂いだったのだ。私は体臭の強い男は好きではない。汗もかかないようなさらっとした男が好みだ。

「先生はお幸せです。作家として活躍しているし、ご主人も娘さんもいらっしゃいます。先生はなにもかも、お持ちじゃないですか」

　そんなことあるわけないじゃない。久しぶりに出会った性欲を感じる相手だったのに、他の女に取られてしまった。私の自尊心はすっかり萎《い》縮《しゅく》してしまい、いまや容貌の衰えに脅えている。この私のどこが幸せだっていうの。

「あなたは若いし、それだけの美貌があるのだから、やる気になればなんだってできますよ。これからだってどんな恋でも叶います。あなたにはもっと自信が必要だわ。堂々と自分を出せばいいのよ。いったいなにがそんなに不安なの？」

「……目が」

　りん子はいつものように遠い目をして、ふっとその場から消えてしまった。

「こら、逃げちゃだめよ。なにがあったか知らないけれど、あなたはそうやってすぐ自分の世界に閉じこもってしまう。それじゃあ、この世の中、生きていけないのよ。しっかりなさい」

　びくっとして、やっと顔が正気に戻った。

「目が、怖いの？　他人の目が怖いの？」

「はい……」

「それだけきれいなら嫉妬もされるでしょう。だけど、称賛してくれる人のほうが多いはずよ。大丈夫。しゃんとして、背筋伸ばして、お腹を冷やさず、毎日筋トレして、腹筋を鍛《きた》えなさい。その顔に見合った身体を作るのよ、健全な精神はね、健全な肉体に宿るのよ」

気づけば、ぐつぐつとみそ汁が沸いている。ああ、しまったとガスを止めたが、すっかり煮詰まってしまった。

「もうっ、お鍋を見ていてと言ったでしょう！」

黙って蓋《ふた》を取って味見をしたりん子が「でも、おいしいです」と言った。

人の話を聞いているのかいないのか……。私はすっかり拍子抜けしてしまい、逆にこの娘のやる気のなさに感心したくらいだった。これくらい投げやりになって、しみったれて、いじけてみたい。口を開けて王子さまが幸せのマシュマロを食べさせてくれるのを待っていたい。あーん。誰か早く幸せを食べさせてくれないかしら。そんなふうに甘ったれてみたら、どんなに楽だろう。ワタシだめなんです〜、できないんです〜、不幸なんです〜。寝転がって駄々をこねてみたいものだ。

長女でしっかり者で通って来た私は、そういう駄々をこねたことがない。だが、心のどこかでは、思いきり甘えてみたいのかもしれないなあ、などと、りん子を見ていて思うのだった。

その夜は、夫がりん子とのっぴきならない関係になり、二人が抱きあっているのを覗いてしまうという、なんとも洒落にならない夢を見てしまった。

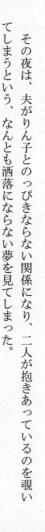

夢の中でりん子が「お世話になったのでどうぞ」と言って夫に身体を捧げているのである。夫がうれしそうに、では遠慮なく、と痩せた身体にかぶりついている。

夜中に目が覚めて、隣でいびきをかいている夫の、もはや禿《は》げ上がってきた白髪混じりの頭をながめ、苦笑してしまった。愛欲がないと女の視線は冷酷だ。なれあった夫の顔は、美醜がどうのという分別もなく平然と見ていられる。なんの期待もないからである。これはこれで淋しいものだ。いったい一人の男をずっと好きでいられることなどあるのだろうか。私には考えられない。

あの男だって、一緒に暮らしてみたらいつかなれあう。時間が経てば恋のときめきなど日常の中に消えうせる。わかっている。相手が替わっても結果は似たようなものだ。だから適当に遊んでいればよかったのだし、そのつもりだったのに計算が狂ったのだ。

私が苦しいのは、一緒に登っていたはずの恋愛のはしごを、いきなり相手からはずされたことだ。恋は欲望のゲームだから、先に冷めて、先に降りた方が勝ち。自分が先に冷めた時は非道なほどそっけなく相手を切り捨ててきたくせに。恋は相手を欲しいと思った時点で負け。頭でわかっているが、身体が言うことを聞かない。どうしたらこのじくじくした痛手から立ち直れるのやら。これも、アイリーンに言わせれば私のカルマなんだろうか。

寝つけなくなった私は、また、いつもの堂々巡りを始めた。傷ついた自尊心を立て直すために、あれやこれやと間違い探し。そんなことをしたところで覆水盆《ふくすい》に返らずだとわかっていながら、思考を止めることができない。気持ちを静めるために起き上がり、台所に忍び、冷蔵庫にもたれる。

冷蔵庫が好きなのだ。ウィーンと振動していて温かいから。抱きついていると気持ちが落ち着く。いくらだって人間がいるのに、なぜ私は冷蔵庫に温もりを求めているのか。まったく不可解だ。


お寺に行くと、住職もスタッフも興味津々の顔で寄って来た。好奇心は露骨に出されたほうが嫌味がない。

「このあいだの美人、どうなりました？」

ほれ、美人ときたか。私はぶっきらぼうに応えた。

「おりますよ、我が家に」

「えっ、お宅にですか？」

「そうですよ」

住職に怒る必要はなにもないのだが、私はぷんぷんしながら事の顚末《てんまつ》を語った。

「そりゃあ、まあ、ずいぶんと功徳《くどく》を積まれましたねえ」

いかにも坊主らしいことを言い、住職は「南無《なむ》妙《みょう》法《ほう》蓮《れん》華《げ》経《きょう》」と私に手を合わせた。

「あの子ときたら、自分のことは、貝のようにだんまりなのよ」

「よほどの事情があるんでしょうねえ」

「どうかしら。案外しゃあしゃあとしているところもあるし、自意識過剰なだけかもしれない。まったく、男たちは美人には甘いわね」

ぺろんと舌を出すと、住職は「くわばらくわばら」と逃げてしまった。お茶を運んでくれた住職の奥さんだけが真顔で私に言った。

「あの娘さん、自殺するんじゃないかと思って心配していたんですけれど、お世話になっているならよかった」

「奥さんもそう思った?」

「時々、ああいう魂の抜けた方がお寺にいらっしゃいますよ」

「いろいろ聞いたら、ホームレスなのよ」

「あらまあ」

「あれだけの美人なのにね」

「でも、あの方の顔、ちょっと整い過ぎていて、なんだかこう人間味がないっていうか、ちぐはぐな感じがしますわ」

「やっぱり、そう思う?」

「顔をとってつけたような……」

「そう！　なんだか不釣り合いなのよね」

やはり四十を過ぎた女の目は肥えている。私は思わず本音を漏らしていた。

「力になってあげたいのだけれど、地に足がついていないっていうか、一緒にいると疲れちゃうのよ。あれはなんなのかしら。自分の世界に浸りきっているっていうかねえ」

「自分のことしか考えていないんじゃないでしょうかねえ」

さすがお寺を切り盛りしている住職の細君は読みが深いと思った。

「そうそう！　女のオレオレなのよ。ワタシ、苦労してます、人生が大変です、辛いです、それがとってもうっとうしいの」

それほどりん子を嫌いでもないのに、他人に語る時は必要以上に厳しくなる。そういうところが母と似ているなと思った。母は他人に我が子の欠点しか言わない人だった。「うちの娘はほんとうに出来が悪くて、気が利かなくて、器量は悪くて、取り柄なんてなにひとつないんですから」

そこまでこきおろしておいて、「お宅のお子さんはよくおできになって、うらやましいわ」とよその子どもを褒め称《たた》える。子ども心に母の言動はまったく不愉快かつ不可解だった。気がつけば同じようにりん子をこきおろしている。悪気はない。どうやらこれは、母から受け継いでしまった「悪癖」なのである。

「でもまあ、あれでけっこう素直なところもあるのよねえ」

つい気まずくなってつけ加えると、先生はお優しいですわ、と笑って細君は席を立った。


夕方近くなってアイリーンが、ニューヨークのスタッフたちと寺に到着した。日が傾くと身に染みる花冷えの寒さだ。さっさと中に入りたいのだが玄関に出迎えた私たち一人ひとりにアイリーンがハグをする。私はこのアメリカ式の大げさなセレモニーが苦手で、早々に退散し荷物運びとお茶の準備に回った。めんどくさいのである。そんなに劇的に喜びを表す必要があるのだろうか。

ようやくすべての人とハグを終えたアイリーンが階段を上がって来た。銀髪のショートカットがとてもよく似合う。アイリーンの身体はきらきらとした光に満ちていた。血色良く、肌も艶やか。七十歳という年齢を身体が忘れている。こういう健忘症ならあやかりたい。いったい、坐禅をするとこんなにも生気が溢れるものなのだろうか。住職や、細君もアイリーンから発せられるオーラに目を細めている。

「アイリーン、あなたの若さの秘訣《ひけつ》はなんなの？　もちろん食生活もあるのでしょうけれど、あなた、ほんとうにお肌がつやつやだわ」

アイリーンは笑って言った。その声にも心地よい張りがあり、びんびんと胸に響く。

「坐禅を続けてよけいなことを考えなくなったからよ。昔は悩み事がいっぱいで私は四六時中、くよくよといろんなことを考えていたものだわ。それは、ストレスなのよ。考えても仕方がないことを考えても終わりがないでしょう」

しょうもないことばかり考えている私なんぞ、六十歳くらいで早死にしてしまうんじゃないかしら、とぞっとした。

「特に女性にとって恋愛はストレスなのよ。知っている？　女は男の二倍も恋愛でストレスを感じるのよ。うまくいっている時はいいけれど、およそあんなに疲れるものはないわね。そこに、仕事や家族の悩みが加わってごらんなさいな、老けこむに決まっているわ」

「まあ。じゃあ、あなたは、もう恋はしないの？」

そう言うと、彼女は私の目をまっすぐに見た。どきんとした。

「昔のような恋愛はしないわ。でも恋はしますよ。いつだってね」

「恋をしても、もう悩まないということ？」

「悩む。そうね、あなた方はどういうことを悩むと呼んでいるのかしら。多くの場合、恋の悩みは相手が自分の思い通りにならないことでしょう。相手が自分の望むことをしてくれない、相手が自分を好きになってくれない、だから苦しいのではないかしら」

「そう言ってしまえばそうだわね」

「では、よう子、坐禅を続けてみればいいわ。坐ってみて自分がどう変わるか、自分で確かめるしかないでしょう。なんでも、先に答えをもらってから始めるのではつまらないわ」

　また、やられた。その通り。

　苦笑しつつ、私はアイリーンとのこういうやりとりを心から望んでいたことに驚いた。一刀両断されるのが心地よいのである。この私のたるんだ甘ったれた背中をびしっと叩いてほしい。いくつになっても人間は堕落する。師が必要なのだ。相手が男の禅マスターでは、こういう話はできないだろう。だいたい、仏教を語る男はみんな恋愛話が苦手だ。表立っては聖人面をしている。その点、アイリーンはすべてに対してオープンで率直だった。

私はアイリーンという磨き抜かれた鏡に自分を映してみたい。そこに映る自分がどんなにグロテスクであっても、自分のほんとうの姿を見てみたい。

「アイリーン、今回は理屈でなく、身体で坐禅を体験するつもりです」

「よいですね。でも、どうかあまりご期待はせずにね。坐禅には始まりはあっても終わりはないのよ」

「死ぬ時が終わりですね」

「ほらほら、あなたはそうやってすぐ自分の頭で考える。まずは、相手の話を一度は受け入れてごらんなさいな」

その時ふと、「オレオレ」というフレーズが頭をよぎったのだが、あれっと思う間もなく他の雑念のなかに埋もれてしまった。

朝から先生は緊張していました。今日は禅マスターのアイリーンさんがいらっしゃるか

ら、あなたも失礼のないようにちゃんと挨拶をしなさいと、何度もお辞儀《じぎ》の練習をさせられました。

「りん子さん、お辞儀というのはね、自分の我を下げてほんとうの自分を相手に見せることなのよ」

「ほんとうの自分?」

私はドキドキしました。先生は私の正体を見透かしているの?

「よく『お陰さま』っていうでしょう、『お陰』っていうのはあなたの後ろにいるあなたの本性なのよ。それを相手に見せるのがお辞儀なの」

「本性!」

そんなものを見せたら、みんな腰を抜かしてしまうかもしれません。絶対にダメです。

「あなたの顔はあなたの我なの。それをね、こうやってしっかりと下げてしまえば、あなたの本質が相手と向き合うことになります」

先生は私の頭を押さえて、九十度に腰を曲げさせました。

「そうそうそれがお辞儀です。ていねいに頭を下げなさい。何度もペコペコするんじゃありませんよ」

それ以外にも、畳の縁《へり》や、襖の敷居は踏んではいけない、お茶は茶托《ちゃたく》に乗せて坐って出すとか、いろいろ教えていただきました。私は朝からたくさんのことを覚えなければならず、それだけで疲れてしまって出かける気力も失《う》せてしまったのですが、首輪をつけられた犬のように先生に引っ張っていかれたのでした。

会場のお寺に行くと、お堂に誰かが坐っていました。私は最初、仏像かと思いました。どーんとして動かないからです。先生が声をかけると、その人は顔をあげ、すっと立ち上がりました。まるで天井から糸で吊られたような美しい立ち方でした。

練習したお辞儀のことなど、頭から吹っ飛んでいました。私は、その人の姿を見たとたん泣いていました。

アイリーンさんの身体は金色の光に包まれていました。私にはそう見えました。光に触れたとたん、私はもうとめどなく泣いていたのです。理由なんてぜんぜんわかりません。

先生が心配して「大丈夫？　具合が悪ければ帰っていいのよ」と言ってくださったのですが、具合が悪かったのではありません。私の心は震えていました。あれを感動と言うのかもしれません。胸が破裂して、虹色の光が解き放たれたように感じました。痺れるような感覚が背骨を突き抜けて全身に打ち寄せるのです。ざぶん、ざぶん、その度に涙が溢れて、自分ではどうすることもできません。ああ、ほんとうに、それは不思議な体験でした。

「あなたは、なぜ、ここに来たの？」

アイリーンさんが、私の肩に触れました。なんでしょう、とても大きなあたたかいものが私を照らしています。真っ黒な濃い雲の切れ間からすっと差してきた太陽の光のようでした。私は、ずっとずっと、それを待っていたように感じました。ありがたくて、うれしくて、涙が止まらないのです。

「先生に、誘っていただいて来ました」

やっと、そう答えると、ああ、あなたが……、とアイリーンさんはなにかを納得したように頷きました。

「ここに縁があるということは、あなたのなかの真我があなたに呼びかけたからなのよ」

どういう意味か、わかりませんでした。

「あなたのなかにある、ほんとうのあなた、光の存在が、あなたに呼びかけたから、あなたはここに来たのよ」

「ほんとうの、私……」

「そう！　よく来てくれたわ」

まったく意識することなく、私は深く頭を下げていました。そして思いました。この方には私の本性が見えるのかしら……と。

ほんとうの私って誰。この顔は私の顔のようでいてちっとも私ではないのです。私は顔を失ってしまいました。顔面体が私を支配しています。私は顔面体の奴隷です。でも、そうでない、ほんとうの私が在るのなら、それは誰なんでしょうか。そのほんとうの私と出会ってみたい、ほんとうの私として生きていきたい、そう思いました。

だから、私は頭を下げ続けました。先生に教えられたように、深く、ずっと……。

「もういいのよ……」と、誰かが私の身体を起こしてくれました。それは、住職の奥様でした。なぜか奥様も涙ぐんでいました。どうされたのだろう。きっと奥様もアイリーンさんの神々《こうごう》しさに感動したのだなと思いました。

「いまから、みなさんは、少しの間、日常を離れて旅に出ます。それはどういうことかといいますとね、人間として生きることを止めていただくのです」

先生がティッシュを箱ごともって来てくれたので、私は鼻をかみ続けました。私の前は、鼻をかんだティッシュの山でいっぱいになりました。そんなにずびずびと鼻をかんでいるのは私だけです。それでも、私の鼻水は止まらず、黄色い濁った鼻水がどんどん出てくるのです。

アイリーンさんは笑って、それは「膿《うみ》」だから出せるだけ出してしまいなさいとおっしゃいました。私は蓄膿症《ちくのうしょう》かなにかだったのでしょうか。

こんな状態で坐禅などできるのだろうかと不安でした。その場には十人ほどの人たちが集まっていましたが、みなさん、きちんとした身なりの年上の女性の方たちです。私だけが、始まる前から迷惑ばかりかけていて、申し訳なくて、後で先生に怒られるのではないかと不安でたまりませんでした。

「まずは、体験してみましょう。みなさんは、ふだんは一生懸命に身体を動かして働き、家事をして、頭で考え、他者と出会い、感情や言葉をやり取りしていますね。それを、一切止めるのです。とっても簡単なことでしょう、ただ、なにもせず、なにも考えず、一人で黙って坐ればいいだけなんだから」

みんなが笑いましたが、なにが面白いのかもわかりません。

「考えを止めようと無理をする必要はありません。あるがままでいいのです。体験に身をゆだねましょう。自分を責めたりせず、否定したりせず、もし坐禅中にいろんなことを考えてしまったとしても、それを悪いことだとは思わないでください。なにかを考えてしまってもよいのです。いったいなにを考えてしまうのか、よく観察してみてください。そして、ああ、自分はいつもこんなことを考えているんだな、というふうに落ち着いて見つめてください。考えを深めない。考えを発展させない。考えを追わないようにします。観察者になってください」

始まる前に簡単なストレッチをしてから、それぞれに好きな場所に坐りました。胡坐《あぐら》を組んでもいいし、正坐でもいい。もし足が痛いのであれば、足を投げ出して坐ってもいいと言われました。

私もみんなを真似て胡坐を組んでみたけれど、うまくいきません。

「背骨が歪んでいるわね。股関節も硬いわ」

アイリーンさんが、背中に触ると肌がチクチク痛いように感じました。

「無理をしなくていいから、この壁に背をもたれさせて、足を投げ出して坐ってみて」

言われた通りにして、目を閉じました。

「オーケー。リラックスして。ゆっくり呼吸をして。自分の呼吸に意識を集中しましょう。あなたはとても疲れているようだから、もし、眠くなってしまったら眠ってしまってもいいのよ。眠ることは最高の瞑想。大丈夫、緊張しないで。肩の力を抜いて。そしてそうね、手はおへその下に軽く置いて。そう。大丈夫、安心して、しばらくじっと自分の心を観察するのよ」

アイリーンさんの鉦《かね》の合図で、みんな目を閉じました。

しーんとしています。

かすかに、表通りから車の行き交う音が聞こえます。誰かの咳《せき》、吐息、いろんな音が、耳に入ってきて、そのうちに耳の奥がきーんとなって、その金属音がどんどん大きくなり、頭が痛くなってきました。

どうしよう、また、あの「死ね」という声が聞こえてくるのではないかと不安になりました。だけど、声は届きませんでした。きっと、アイリーンさんがいたからです。光に恐れをなして、あの黒い穴にいる生き物たちは退散してしまったのかもしれません。

じっと目を閉じていると、いつしか子どもの頃に戻っていました。

母の顔が浮かびます。私と母親は似ています。歯が出ていて、鼻はぺったんこ。腫《は》れぼったい一重瞼《ひとえまぶた》。それがとても嫌でした。

小学校の授業参観。算数の授業です。黒板にはかけ算の問題。教壇に立って説明をしていた先生の表情が止まりました。一瞬、ポカンとしたのです。その反応に子どもたちはすぐ気づき、クスクス笑いが教室に波紋のように広がって、誰かが呟きました。

アシュラが来た。

アシュラは、あるマンガの主人公でとても不細工な顔をした子どもです。小学生の頃からでしょうか、私は同級生からアシュラと呼ばれていました。まさかと振り返ると、母がいました。私と目が合い、こともあろうに手を振るなんて。バカ。来なくていいと言ったのに。頭に血が昇った私は、ただじっと黒板だけを見つめ続けました。母は鏡。あれが私だと思うといたたまれない。授業が終わるや廊下に飛び出し、人目のない場所まで逃げました。裏庭に飼育小屋があって、子ウサギがいます。私は、金網越しにウサギの赤い目を見て、ウサギも泣いているんだなって思いました。

ああ、なぜ母のことを……。

母とはずいぶん会っていない。あまり身体の丈夫でなかった母が一人で私を育てるのは大変だったろうに、私は母が嫌い。母にさえ似なければこんな顔に生まれることもなかった。なんで母は私を産んだのだろう。産んでほしくなかった。

中学の頃、学校でいじめにあって辛くて、日々の苦しさを日記に書いていました。知らない間に母はそれを読んだのです。

「ごめんね、きれいに産んでやれなくて」

夕飯のお膳に向き合ってそう言われたときは、全身が総毛立ちました。喉をかっ切ってその場で死んでみせようかと思ったくらいです。たとえ親にでも、顔のことに触れられたくなかったからです。いや、親だからこそ触れてほしくなかったのに、母は、日記まで盗み読みして、私の一番脆《もろ》くて痛い心に踏み込んで来た。一生、許さないと思いました。私を捨てて行った父よりも、母が憎かった。ボロ切れになって捨てられるまで働いて働いて、育ててくれた母だったのに、あの母が嫌い。あの時謝った母を許さない。謝るくらいなら産まなければいい。

「汚《きた》ねえババアが、不細工な子ども連れて、気持ち悪いんだよ」

酔っ払いに蹴られたことがありました。暮れも押し迫って、みんなが華やいでいる繁華街。今日くらいはご馳走を食べようって出かけた私たちは、精いっぱいのお洒落をしていた。その人だって、けっしてきれいな身なりでも顔でもなかったのに、母はぺこぺこ頭を下げて「すみません、すみません」って逃げるように私を抱きかかえて、脅えた顔をして、言い返しもしなかった。

ああ、もう母のことは考えたくない。いやだ。考えたくない。忘れてしまいたい。だけど、考えないなんて無理。いったい、いつまでこの時間は続くんだろう。疲れた、帰りたいよ。どうして先生はこんな苦しいことを私にさせるの。眠っていいと言われたけれど、ほんとうに寝たらきっとまた先生に怒られる。先生に嫌われたら行く場所がなくなってしまう。

先生はいつまで私を置いてくれるかしら。先生が私を雇ってくれないかしら。有名な作家先生のところにいれば、私をあからさまに悪く言う人もいないだろうし、世間体《せけんてい》もい い。ずっと先生のところで働いて、先生のお手伝いができたらどんなにいいだろう。ああ、母が先生みたいな立派な人だったら良かったのに。そうすれば、きっと幸せに生きられたろうに。そんなことを考えても、どうしようもないのになにを考えているのかしら。

考えてしまう。どんどん考えてしまう。だめ。だめだ……。

あの、ウサギ小屋のウサギが死んじゃった。私が疑われた。私がよくウサギ小屋を見ていたって、言いふらした子がいた。でも、私はウサギなんか殺していない。殺していないのに「おまえがやったんだろう」って男子に囲まれてとっても怖かった。「おまえが食ったんだ」「おまえが殺したんだ」散々こづき回されて、私は謝った。ごめんなさい、ごめんなさい。謝っちゃったよ。母と同じ。ほんとうにやったんじゃないか、そんな気がしてきた。知らない間にウサギを絞め殺していたんじゃないか……って。違う、私じゃない。ウサギは殺していない。

「じゃあ、証明してみろよ」

どうやって証明するの。いいよ、証明してあげる。死んで証明してあげる。私は遺書を書いた。ウサギは殺していない。死んでやる。だけどできなかった。死ねなかった。首吊りってどうやっていいかわからなかった。紐をかけるような場所がアパートになかったし、高いところから飛び降りる勇気もなかったんだ。

私は死ぬこともできない。でも、生きることもできないよ。

あの同級生たち、きっと噂《うわさ》しているだろうな。みんなテレビを観て、同窓会じゃあ私の話題で盛り上がってる。ねえ、見た見た？　びっくりしたよね。あれ、アシュラだろう？　そうそうあの出っ歯。すげえキモイ顔だったもんな。いやだ。私は過去を消したのだ。過去は思い出さない。そう決めたのになんで思い出しちゃうの。もうあの顔はないんだから、私は消えたんだから、記憶も、消えてほしい。

背中が痛い。坐ってられない。疲れてきて、ほんとうに眠くなってきちゃった。眠いよお。眠っちゃだめ。だけど、眠いよお。眠い……。

目が覚めた時、私は何枚も毛布をかけられお堂に寝ていました。

それが、私の最初の坐禅体験でした。

ああ、しまった……と思いました。

誰もいない。いったい何時？　もう夜かしら。周りを見回すと、初めてこのお寺に来た時と同じ、ゆらゆら揺らぐろうそくの炎に照らされ、観音様が私を見下ろしていました。まだ夢の中にいるような心地で、そばに近寄り見上げました。半眼の目が私を見ています。ふっくらとした唇がとても優しく微笑《ほほえ》んでいるようで、私は思わず手を合わせていました。

先生に怒られる。びくびくしながら二階に上がっていくと、襖の向こうから和《なご》やかな笑い声が聞こえます。中に入れず立っていたら、一階からご住職の奥さんが上がって来ました。

「あら、目が覚めたのね」

そう言って、そっと襖を開けて私を部屋に入れてくれました。

先生や、ご住職、坐禅に参加した人たち、そして、アイリーンさんがいました。みんな、私を見るとにこにこして「おはようさん」「よく眠っていたわね」と声をかけてくれました。

よかった、どうやら怒られてはいないようです。

私はほっとして、先生の隣に腰を降ろしました。奥さんが私にお茶をついでくれました。「ありがとうございます」と頭を下げると、私の顔をじっと見て「いい顔になってる」とおっしゃいました。

なんだかほっこりしたうれしい気持ちになりました。

「いったい、どんな夢を見ていたの？　ほんとうによく寝ていたわ」

先生に訊かれて、思い出そうとしたのですが、確かにさっきまで覚えていたはずの夢が、もう思い出せません。

「今日は、りん子さんが一番深い瞑想をしたんですよ」

と、ご住職が言い、みんなが笑いました。私もつられて照れ笑いをしていました。くつろいで、ほっとしてお茶を口に運んだら、日本茶の青い爽《さわ》やかな香りがして、思わず「おいしい……」と呟いていました。

「やだ、生まれて初めて日本茶を飲んだ人みたいよ。あなた、もしかして外国育ち？」

先生の冗談にまたみんなが笑いました。ほんとうにおいしかったのです。お茶ってこういう味なんだって、しみじみとお茶を味わいました。もしかしたらお寺では特別に良いお茶を使っているのかしら。

場の空気はとても穏《おだ》やかで優しくて、私は自然とみんなの中に溶け込んでいました。ああ、この人たちはみんなとても優しくて分け隔《へだ》てのない人たちなんだ、そう思いました。人を仲間はずれにしたり、弱い者を見下したりしない良い人たちなんだ……と。

眠ったせいかもしれないけれど、久しぶりに身体の緊張がとけて楽になっていました。

「寝てもいい坐禅があるとは、知りませんでした。今日は勉強になりました」

ご住職がそう言うと「今日は特例です」とアイリーンさんがぺろりと舌を出したので、またみんな「そうなの？」と大笑い。

人と話をするって、こんなに楽しいことだったかしら。これまでだって、いろんな人とおしゃべりしてきました。整形前も、整形した後も。だけど、こんなに楽しいことがあったかしら。なかったように思います。なぜ、いまは楽しいと感じるのだろう。何が違うのかしら。考えたけれど、よくわかりませんでした。

「りん子さん、今日はアイリーンがうちに泊まるから、お夕食の支度、手伝ってくださいね」

「はい……」

ほっとため息をついて顔を上げると、アイリーンさんと目が合いました。森の奥の湖水のような深い瞳でじっと私を見ています。でもその視線は武器ではないのです。人を攻撃したりしません。もっと温かな慈《いつく》しみの雨のような視線でした。いったいアイリーンさんは何を見ているのだろう。私を通過して、うんと遠くのものを見ているような、遥かな視線なのです。


「あの子ったら、まさか、本当に寝てしまうとは……」

心底がっくりしてため息をつくと、アイリーンは笑って首を振った。

「彼女の抱えているものはとても深く重い。そして、とても疲れている。疲れている時は眠ればいいのよ。睡眠は一番の薬よ」

それにはまったく同感だったが、ＴＰＯというものがあるだろう。

「恋人が震災で亡くなったというけれど、どうも、問題はそこじゃないようなのよ。あれだけの美人だから、もっと自信を持てばいいのにと思うのだけれど、さっぱり生きる気力がないの、どうしてかしら」

アイリーンは、聞き捨てならないというふうに、耳に手を当てた。

「美人ですって、誰が？」

「あの子よ、りん子さん。寝ちゃった子」

「私にはぜんぜん美人には見えないわ。日本人の美意識はまったくわからないわね。まるで子どもがそのまま大人になったような顔じゃないの」

ビンゴ！　それも同感だ。

「だけどアイリーン、今の日本ではああいう顔が美人なのよ。若い子たちはみんなあんな顔になりたくてお化粧しているわ」

「日本人の女性は、少しばかり美醜や体形にこだわりすぎね。アメリカ人は体形に寛容すぎるけれど、何事も中庸《ちゅうよう》が大事だわ、ねえ住職？」

さよう、さようと住職は笑って相づちを打った。

ようやくりん子が起きてきたので、私は二人を連れて武蔵野の家までタクシーで帰ることにした。

帰路の間「ぜんぜん美人には見えない」と言いきったアイリーンの言葉が水中に落としたコインのように私の中に静かに沈んでいく。きっぱり言われてしまうと、いったいこの顔のどこを美しいと思っていたのかわからず、それこそ上田秋成《うえだあきなり》の『雨月物語《うげつ》』の主人公のように、亡霊を美女と錯覚していたような気がしてくるのだ。

タクシーの中で、私は横に坐ったりん子の横顔をそっと眺めた。つんと尖った見事な鼻筋、短い鼻の下。鼻先から唇、顎にかけての一一〇度のライン。完璧である。これを、ヴィーナスのラインと呼ぶらしく、美人の絶対条件と言われている。唇の大きさは目の約1・5倍。りん子の顔は非の打ちどころがない。だから美しいのだろうか。では美とは何だろう。

りん子の隣にアイリーンがいる。アイリーンは七十歳だ。

顔のいたるところに、深い皺が刻まれている。頬も垂れている。アメリカ人とのハーフだから鼻は高いが、口が大きすぎる。唇も出っ張り気味だ。だが、凜《りん》と見開かれた目に強い力があり、頬はうっすらとピンク色で生気に溢れている。

信号が赤に変わってタクシーが止まった。外の景色を見つめていたアイリーンは「たくさん人がいるわね」と呟いた。

「ねえ、よう子、あなたはたぶん、自分が思っているよりもずっとガンコよ。一見、オープンな人に見えるけれど、ほんとうは人の意見をあまり聞かないタイプ」

え？　私が？

まったく心外だった。どちらかと言えば私は考え方が柔軟で、物事を受け入れやすいほうだと思われている。自分でもそう思ってきた。ガンコだと言われたことはあまりない。だが、アイリーンは私の社会的評価とは真逆のことを言うのだ。

「そうなんでしょうか、自分のことはよくわかりませんわ」

私は動揺を隠すことに必死で、二の句が継げなかった。

「坐禅を始めるとね、まず、たいがいの人はとても苦しくなるものなのです。気持ちを楽にするために始める方がほとんどなので、期待を裏切って申し訳ないけど、よけいに苦しくなってしまうのよ」

口元に笑みを浮かべていたが、目は笑っていなかった。その目は優しいというよりも、むしろ冷徹な裁判官のようでぞっとした。

「なぜ、苦しくなるんでしょうか？」

「それはね、じっと坐っていると、だんだん自分のことがわかってくるんです。自分の考えを知るようになる。なんと自分は身勝手なことを考えていたのか。なんと浅はかな考えにのっとられて、心をコントロールできず、感情に振り回されて生きてきたのか。なんと弱くて愚かなんだろうか。そのことに気づいてしまうんですね」

「耳が痛いです」

「そしてね、気づき始めるとね、気づきを妨害しようとする自分が出てくるんです」

「妨害する自分？」

「そう。とてもガンコな自分。自分は正しいと思っている自分。大丈夫、大丈夫、私は正しい。間違っているのは相手。他にもいろんなことを言い出すのよ。ほんとうにまあ、いくらでも、言い訳をしてくれる。頭が良くて、知識の豊富な人はみんな言い訳の名人。理屈を並べてどうにかして自分を守ろうとする。そうやって分裂した自分がいろんな役を演じながらお芝居のようなことを始めるんです。これは苦しいです。終わりがないの。ずーっと堂々巡り。とっても疲れるの。疲れてね、くたくたになっちゃうのね。不思議なのですけれどね、人間の心というのは変わることを拒《こば》むんです。変わりたくないんですね。いつもの同じパターンを繰り返していたいだけなの。何十年でもこのままでいたいの」

「それは、どうして？」

「怖いからでしょう。心が成長するためには、古い殻を脱ぎ捨てなければいけない。古い殻というのはそれまでの自分を守ってきたものだから、そう簡単に脱ぎ捨てられては困るのです。殻がもろかったら、柔らかい心を守りきれませんからね。でも、その殻を脱ぎ捨てて脱ぎ捨てて、脱皮を繰り返していきますとね、だんだん、本当は殻なんて必要なかったんだ、ってことに気づくんです。でも、そのためには、何度も何度も同じことを繰り返さなければならないんです」

するとめずらしくりん子が口を開いた。

「そのたびに、苦しいのですか？」

「苦しいわね……」

「そんなの、いやです……。苦しみたくありません。苦しまずに生きることはできないのですか」

「苦しみは、成長を妨《さまた》げようとする古いあなたが作り出している想念なのよ。古いあなたは新しい情況を受け入れたくないの。古い考えに固執していたいの。そういうあなたが、苦しみを作り出すの。それを理解すれば、苦しみは苦しみとして苦しみのままに受け入れることができるようになります」

「苦しみを受け入れるんですか？　坐禅で苦しみが消えるわけではないんですか？」

「そんなこと、嘘です」

「苦しみというものは、最初から存在しないんです」

こんな強気なりん子は初めてで、内心ハラハラした。

「わかります……。私も坐禅を始めた時に同じことを体験しました。とても苦しくて、辛かった。足が痺れたとか、腰が痛いとかそんなことはなんとか我慢できたわ。耐えられないと感じたのは、自分の心の混乱。自己嫌悪。自分の愚かさ。自分の弱さ。とにかく辛かった。だって、それまで自分はもう少しまともな人間だと思っていましたからね……。もっとこう、自分の生き方や考えに自信をもっていました。よう子は若い頃の私にそっくりなの」

やっと家に近づいて来たのでほっとした私はタクシーに指示を与え、「もうすぐですよ」と場を取り繕《つくろ》った。

「あら、すてきなお家ねえ」

楽しげなアイリーンをよそに、私とりん子は黙ってトランクから荷物を降ろす。りん子の様子が少し違った。もさもさせず、すっと、車を降りたのだ。彼女に変化が起きていることを、私は空気で感じ取った。だが、私は自分のほうが混乱していて、他人を観察するどころではなかった。

「先生、お持ちします……」

初めて、りん子が率先して私たちの荷物を持とうとした。驚いたのだが、なんだか彼女に同情されたようでばつが悪く、「大丈夫よ」と、その申し出を断わってしまった。私のほうが泣きたいような気分だったが、さあどうぞどうぞといつものようにカラ元気を振りまきながら、家の門扉《もんぴ》を開けたのだった。

さあて、夕餉《ゆうげ》の支度もせねばならないし、一日留守にしたので仕事のメールのチェックもしなければならないし、私は一人であたふたしていた。

気分が重いのは、帰りのタクシーの中で聞いたアイリーンの言葉が骨身に堪《こた》えているからなのだが、それを認めたくもなかった。

あんなにきっぱりと、頑固だと言われては身も蓋もありゃしない。そりゃあ、五十年近く生きてくれば、誰だって殻が硬くなり精神も動脈硬化になるでしょうと言いたいものだ。もうちょっと大目に見てくれてもいいんじゃないのか、と、アイリーンを恨めしく思いつつポストを見ると、ダメージは重なるもので、なんとあの男から「結婚披露パーティーの招待状」なるものが来ていた。

いい年をして年下の女と再婚するのに、いまさら結婚披露でもないだろう、そんな下世《げせ》話《わ》な男だったのかと、私の心は男のあら探しに必死になった。こんなもので自尊心が傷ついてたまるか、という気持ちだ。

それにしても、私と男は一時はそっと手を繋いだり、帰る間際《まぎわ》に抱擁するような間柄であったのに、いったいどういうつもりでこんな案内を送って来たのだろうか。私は男の心情をまったく測りかねた。私にとってはロマンチックな思い出も、男にとっては酔ったはずみの遊び心だったのか。だとすれば、私はほんとうに一方的にあの男に恋をしていたことになる。男と会えない夜に私が味わった淋しさや、せつなさは、まったく私の妄想の産物で、相手はこれっぽっちもこちらのことなど考えてもいなかったのか。バカ野郎、私はえいやっと、男のよこした招待状を封筒ごと破り、ゴミ箱に捨てたのだった。

今夜は、アイリーンのために日本食の山菜の天ぷらやら、炊き込みご飯、煮物を作る予定だった。それほど手のかかるメニューではないが、なんだか身体が重く、やる気が出ない。胸のなかに鉛の玉でも呑み込んでいるような心地だ。

はあ、とため息をつきながら着替えて台所に行くと、もうすでに、りん子がいてダイニングテーブルの上を拭いていた。ちゃんと髪も結わえていた。

「今夜は、天ぷらよ。あなた、天ぷら揚《あ》げられる？」

たぶん……と、自信なさそうな返事をして、しばらく考えてから、気を取り直したように「お店で揚げるのを見ていたので、教えていただければ」と言った。

「だったら、お願い。天ぷら粉を水で溶いて、衣にして油で揚げればいいのだから。私はちょっと、疲れたみたい」

台所の椅子に腰を降ろして、だらんと肩を落とすと、りん子が心配して「大丈夫ですか?」と寄ってきた。

「大丈夫よ。ほんとに、ちょっと疲れたのよ、風邪かも」

「ずっとお忙しかったですから」

「いつものことよ」

「私がお邪魔していてよけいにご面倒をかけてすみません」

「いいのよ、だから、天ぷらお願い」

こんな気分で料理を作って、それをアイリーンに食されるのが怖かった。私のこの濁った心の迷いが料理に出てしまうような気がした。少し気分を立て直さなければ。しかし、あの招待状が泣きっ面に蜂であった。なんだってよりにもよって、今日、届くのかしら。あの男の嫌がらせかしら。

男が私に嫌がらせをする理由などなに一つないのに、私はそんなことを考え、そういう自分を、ほんとうにバカだと思った。しかし、私の中で分裂して、いろんなことを考えている、どの私がほんとうの私なのだろうか。それとも、どれも私であって私ではないんだろうか。

「先生？」

「え、なに？」

「天ぷら粉の水加減はこれくらいでいいでしょうか？」

「ああ、もっと薄くして。それじゃあ、ごわごわになっちゃう」

やっぱりこの子は手際《てぎわ》が悪い。危なっかしくて見ておれない。

「いいわ、私がやるから。あなたは、炊き込みご飯つくって。なに、簡単よ、そこにある炊き込みご飯の素を入れて、ご飯を炊けばいいだけだから。ご飯は五合《ごごう》炊いておいてね。水加減はいつも通りでいいのよ」

不器用に米を研《と》ぐりん子を見ながら、なぜか今日は、この子がいてくれて良かった……と思った。

夫や娘も帰って来て、アイリーン、私、りん子の五人で夕餉の膳を囲んだ。夫も娘もそれぞれのつきあいが多く、特に春は人の出入りがあるためか帰りが遅い。りん子と最近は、顔を合わせる時間がなかった二人は、彼女に興味津々である。おかげで、私はあまりしゃべらずに済んで助かった。会話の中心はもちろんアイリーンで、彼女はさすが元世界銀行の人事担当だけあり、聞き上手で人を褒めるのがうまく、夫などはすっかりいい気になっていた。娘もアイリーンの人柄に心惹《ひ》かれたようで、自分まで坐禅がしたいと言い出す始末だ。

「それで、りん子さんは坐禅をしてみて、どういう感じだったんですか？」

えっ？　と、りん子はフリーズして箸を止めた。

「どうって……」

私とアイリーンに目で救助信号を送ってきたが、私たちは顔を見合わせしらんぷりを決め込んだ。

「なにか特別なことがありました？」

「特別……」

「そう、ほら、悟りの境地！　みたいな」

夫は、はははと笑った。

「そんなに簡単に悟れたら、みんなお釈迦様だ」

坐禅の話題が終わった頃になって、やっとりん子がしゃべり出した。まったく、トロい娘だ。

「いろいろ子どもの頃のことを思い出していたら、疲れて眠くなってしまって……」

「眠くなったの？　ダメじゃんそれじゃ」

「はい。ダメなんです。寝てしまったんです」

「そりゃあもう、達人の域だね」

「アイリーンは、眠るのもひとつの瞑想だからと言うのよ」

「それじゃあ、人間は毎晩、瞑想しているというわけか。だったら俺ももっと瞑想しよう。最近、瞑想が足りていない」

「瞑想と坐禅って、どう違うの？」

娘の質問に、アイリーンは「そうねえ……」と頬に手を当てた。

「それは難しい質問だわ。瞑想は、リラックスして心を静めるためのもの。坐禅は一切のものをあるがままに観察する。坐禅も仏教の瞑想法として発達したので登り口は違っても、頂上はひとつなのよ」

私は思わず口を挟んだ。

「でも、アイリーン、あなたは坐禅には目的がないとおっしゃったわ。もし、頂上があるなら、それは目的ではないの？」

そうね……と、アイリーンは懐紙《かいし》で口元を拭いた。

「この話題は難しすぎて、こんなおいしいお食事の場には合わない。いまは、このお料理を楽しむことにしましょうよ」

しまった。私はまたアイリーンに理屈っぽい自分の鼻っ柱を折られたのである。その通り。小難しい仏教の話題を突っ込むのは、娘や夫のいる夕餉の席には不向き。いまは料理を楽しむ時間だ。

私は作り笑いをして、席を立った。

ずいぶんと長いこと自己嫌悪という感情を忘れていた気がする。それだけ傲慢になっていたのだろうか。アイリーンと話すたびに自意識は傷だらけ。年を経れば心は強くなると思っていたのに、とんでもない、十代のように脆《もろ》いではないか。

冷蔵庫から果物の寒天寄せを出しながら、ああ、ほんとうに私はどうしちゃったんだろう。まるで調子が狂ってる。もっと大人のはずじゃなかったの、と頭を壁に打ちつけた。

朝六時。公園の歩道はもうジョギングをする人たちで混み合っていた。

「みんな早起きなのねえ」

道ですれ違う人々を目で追いながら、アイリーンは驚きの声を上げていた。

弁天池から少し離れた運動場では、太極拳《たいきょくけん》をする老齢のグループがいた。私とアイリーンはしばらく、彼らのゆっくりとした動きを眺めていた。春を孕《はら》んだ野風が木立を吹き抜けた。ここの桜が満開になるところを、アイリーンに見せてあげたかったな。このあたりはまだかろうじて昔の武蔵野の面影《おもかげ》を留めている。しばらく歩いてから、私たちは池を見渡せるベンチに坐り、ポットにいれてきた熱いお茶を飲んだ。

「よう子、知っている？　幸せを感じる脳内物質のセロトニンは腸からの指令で分泌されるんだそうよ。腸は第二の脳と言われてきたけれど、本当は第一の脳かもしれないわね」

ふと、どうしたら幸せになれますか、という、りん子の質問が思いだされた。

「初耳だわ、どういう時に腸は指令を出すのかしら」

「腸は自分が調子の良い時に指令を出すのよ。しかも、腸はね、あったかいものが好きなの。だから、便秘も下痢もしていなくて、ぽかぽかしてあったかい時ね。つまり、おいしいものをほどよく食べて健康でぽかぽかしていれば、あんがいと人間は幸せだってことだわね」

「じゃあ、いま私たちは幸せなのね」

「そういうことになるわねえ」

霞がかった日本独特の春の空の色だ。淡い木洩《こも》れ日《び》が綾《あや》をなす土の上を人々が静かに走っていく。空気は湿り気をおび、鳥たちは囀《さえず》り、桜の古木の間をカモの群れが幾重もの波紋を描き泳いでいった。穏やかな朝の景色。これが幸せでなくてなんであろう。

でも、と思う。人間はそんなに単純じゃない。生きていれば悩みは尽きない。現に、私の心はとうに公園には居なかった。朝ご飯の支度、坐禅会の準備。アイリーンを連れてお寺まで行くのに何時に出発したらいいか。お昼のお弁当の手配はできているかしら……。

次から次へと心配事が湧いてくる。

アイリーンは、静かに風景を楽しんでいた。というよりも、彼女も風景の一部だった。いま、アイリーンの心の中はどんなふうなのかしら。私とどう違うのかしら。アイリーンにはこの世界がどう見えているのかしら。彼女の横顔を見ながら、私はもじもじする。知りたい。彼女の心を。そして、自分もそこに近づけるものなら近づきたい。

アイリーンは、まるで一本の木。それに比べて、私ときたらなんてふわふわ浮わついているのかしら。いやだわ、これじゃあまるで私が、りん子みたいだわ。

「アイリーン、あなたは、なんて、静かなの」

自戒を込めてそう言うと、アイリーンはゆっくり私を見た。

「よう子。私もかつては、あなたと同じだったわ。私は有能なワーキングウーマンで、たくさんの部下を使い、息つく暇もないほど仕事をしていた。手早く素早いことが良いことだと確信していた。合理的で、無駄がなく、効率よく物事を処理し、うまくプレゼンするために、男に負けない理屈を駆使し、よく勉強した。それが、悪いことだったとは思っていない。ただ、破綻《はたん》したのよ。がんばりすぎたの。離婚したし、身体も壊したわ。どうにかしなければならなかった。ちょうど四十代の前半、そうね、あなたとそれほど変わらない年の頃よ。女にとってはとても辛い時期よね。容貌も衰えるし、がんばってやってきた仕事だって、永遠ではないことを知るわ。なんのために生きているのかしらって、考えざるをえない。でも、考えたくないから他のことに意識を向ける。男性との恋とか、より難しい仕事の課題とか……。だけど、私はね、坐禅にめぐりあったの。よう子、人生はね、心が求めているものが現実化するだけなのよ」

池の鯉がぽちゃんと跳ねた。ヌシのような大きな魚がいて、たまにその姿を見るのだが、ゆうに一メートルはある。どうしてあの個体だけあんなに大きくなってしまったのかしら。この小さな池であんなに大きくなる必要もないのに。

私が求めているものは、なんだろう。それを知りたくて坐禅をしようと思ったのじゃないのかしら。私はいったいなんのために生きているのかしら。いやいや、その疑問は散歩で考えるには大き過ぎる。

いけない。戻らなければ出かけるのが遅くなる。慌てて立ち上がった私に、アイリーンは女神のような笑顔で言った。

「ありがとう。すてきな朝だったわ」

二日目のワークは、坐学から始まった。

これは住職からの提案だった。アメリカ人として暮らすアイリーンが仏教をどう考えているか知りたいとおっしゃる。

「日本の仏教は仏教ではないと言われることも多いですから、ぜひともアイリーンさんのお話を伺いたいものです」

「私は坐るのが専門で、しゃべるのは苦手ですわ」などと言いながら、壇上に上がると彼女は雄弁で、かつてのワーキングウーマンの片鱗《へんりん》をかいま見るようだ。

「みなさん、少しだけ、想像してみてください」

そう言って、すっと片手を上げる。その瞬間に聴衆は彼女の世界に引き込まれた。

「ここに花が咲いています。私は眼で見てその花を美しいと思い、その花をバラと呼びます。ああ、なんてきれいなの、バラの花が大好きだわ。バラがいい、バラじゃなきゃダメ。そう思ってバラに執着するのです。ある日、私が大切にしていたそのバラを、誰かが踏みにじってしまいます。バラはぺしゃんこ。まあ、なんてことなの！　私は折れたバラを『死んだバラ』と思い、バラを踏みつぶした相手に怒りを覚え、憎みます。私のバラに、なんてことを。ついには、バラの仇討《かたきう》ちをしようと相手に戦いを挑《いど》み、殺してしまうかもしれません」

多くの参禅者が笑ったが、私は首をひねった。ちょっと待って。バラの花ならよいけれど、それがもし、自分の家族であったらどうだろう。家族への愛情を執着と斬り捨ててよいのだろうか。

「心をよく観察してみればわかります。私たちの心は欲望でいっぱいです。人を救いたいという思いも度を越せば欲望です。出世したい、勝ちたい、お金がほしい、みんな我欲です。欲望には善悪はありません。それがどんなに『善行』に対する願望であっても欲望は欲望。執着し貪《むさぼ》る限りそこから因果《いんが》が派生します。欲望が次なる行動のトリガーになって欲望の罠《わな》に落ちると、人は罪を犯すのです。だから、お釈迦様は人間が楽になるような因果の積み方を説いたのです。欲望を抑えて正しい生活をしなさい、とね」

欲望から起こる因果の連鎖を、アイリーンはカルマと呼ぶ。

人間の欲望がどれほどのカルマを生むかは、年をとるほどに実感せざるえない。十代、ら二十代の頃の若気の至りが四十を過ぎるとドカンとのしかかってくるのだ。もうカルマだらけ。カルマにからまってにっちもさっちもいかなくなるのが壮年期。とはいえ、若い頃にカルマなどと言われても、それこそ馬の耳に念仏、それが凡人の常というものだ。

「正しい生活をしなさい、と言われても『わかっちゃいるけれど、やめられない』というのが人間です。お酒を飲みすぎれば肝臓をこわす。わかってます。だけど、つきあいがあるからやめられないと言い訳をして飲み続けます。そのくせ、飲みすぎて病気になると『ああ、あの時に酒をやめておけば』と後悔するのです。ああすればよかった、こうすればよかったと、行動を変えずに振り返っては後悔し、止めてくれなかった妻を逆恨《さかうら》みしたりします。不思議ですね。ルールのわかっているゲームなのに、自ら穴に落ちるのは私たち。身に覚えがあるでしょう。でも仕方がないの。欲望は簡単には捨てられない。だって、社会そのものが欲望を満たすために発展してきたのですから。私たちは日本やアメリカに生まれた瞬間に、欲望を持つように教育されていくんです。まず、そのことをよく、理解する必要があります。私たちは欲望社会に生きているんです」

あの、ぼさっとしたりん子まで、見たこともない真剣さでアイリーンの話を聞いていた。すっかり、アイリーンの信者になったかのごとき……である。その様子が私にはなんとなく不愉快だった。まったく、この娘は自分というものがないからすぐに他人の話に洗脳されてしまうのだわ。もう少し、自分の頭で考えられないものかしら。

「仏教の思想にはたくさんの矛盾が組み込まれています。言葉によって思考して、言葉で世界を編んでいる人間に言葉を越えろと言っているのですから矛盾しているでしょ。言葉を越えなければ解脱《げだつ》には至れません。しかし、言葉の世界から人間が抜けることは困難です。私たちから言葉をぬぐい去ったら何が残るというのでしょうか。でも、それができると仏教は教えるのです。二つのものを同時に見るような、右手と左手で別々に文字を書くような、そんな感覚を用いなければ感得できない奇妙な教えです。理詰めで考えていけば破綻します。答えを求めれば、はぐらかされてしまいます」

そう言って、アイリーンは私を見た。確かに、私を見た。心を見透かされたようで、私はぐっとへの字に口を結んだ。言っている意味は理解できるが、すべてに納得するわけにはいかないからだ。

「見ようによっては、顔にも見えるし、壷にも見える……というだまし絵を見たことはありませんか？　人間は一度に一つのことしか認識できませんから、見たいほうを見ているだけです。『顔とはなんですか？』と質問されたら、『これが顔です、あれも顔ですし、それも顔です』と無数に顔がありますが、単なる顔なんてありません。『壷とはなんですか？』という質問も同じです。いかようにも壷がありますが、単なる壷というものはありません。ですが、私たちが言葉の世界に存在している以上、『私は顔としてこれを認識しているだけなのだ』と自覚して生きることが、夢のなかで覚めているということなのです」

年配の女性が、挙手して質問をした。

「夢のなかで覚めているとは、どういうことでしょうか？」

アイリーンは大きく手を広げて、答えた。

「坐ってみましょう。言葉ではこれ以上は説明できません。あとは、坐禅を続けることで、あなた方一人ひとりが、体験をしていくしかないんです。おしゃべりはここまで。よろしいかしら？」

拍手が起こり、アイリーンは日本人風に何度も会釈をして壇上から降りた。

私はまだ釈然としなかった。人間にとってそれほど欲望が悪であるはずがない。ブッダは家族を捨てて出家して悟りを得たが、家族にしてみたらいい迷惑ではないか。ブッダの妻はどれほど悲しんだろうか。それでも、家族への執着が悪だというなら、この世は闇である。家族の団欒《だんらん》が仏教的には欲望の地獄だと言うのか。そんなはずはないだろう。

執着を捨てるということがどういうことなのか、私はどうしても理解できない。それをしたら、何も残らない。人生が無意味になってしまう。そう感じる。私は出家などしたくないし、この世界で楽しく生きていたい。欲望を捨て執着を消せば幸せになるというアイリーンの説明には、納得できない。

しかし、彼女が「これ以上は言葉では語れない」と言うのだから、説明を求めても無益であろうことは、いかにガンコな私でも理解できる。

ライフジャケットも、浮袋も捨てて、海にざぶんと飛び込むしかないのだ。

今日こそは考えを止める、と気合い一発。

坐る前に、特に念入りにストレッチをした。

理屈を捨てて『禅』に挑む。いや、挑んではいけないのだ。自然体、自然体。あるがまま、あるがまま。何度もそう言い聞かせて、マニュアル通りの完璧な坐禅の姿勢を取った。

坐禅に臨む時は座布団の上に坐蒲《ざふ》を置いてその上に尾てい骨を置く。耳と肩、ヘソと鼻、うなじと肩が、垂直の線で結ばれるように上半身を整える。両足を組む結跏趺坐《けっかふざ》は難しいので半跏《はんか》趺坐でもよし。足は深く組む。坐蒲はやや高目に尻の下に。この坐蒲の高さの調節が大切だ。すとんと妄念が抜ける高さというものがあるらしいので、日々の坐禅でその位置を見いだすこと。片方の足先をもう片方の太腿のつけ根にのせて、腿のつけ根の関節を伸ばす。身体をやや前方に押し出し、股関節は常に柔らかく。下腹は立てて息がすっと下腹に通るようにする。心もち、ヘソから下を前に押し出す感じ。足の裏は畳と水平に。すると膝頭はぎゅっと座布団にめりこみ、身体は三角形になる。三角形の中心に背骨をまっすぐに立てる。この状態で腰が決まるとややでっちりになる。上体を左右に揺れ動かし、ゆっくりと中心に収まるようにする。

手はおヘソの下に左手で右手を包み込むように組む。

鉦が鳴った。私は黙って目を閉じた。

すると、アイリーンの言葉が頭の中に浮かんできた。

「坐り始めた時は、疑問や迷いなどたくさん湧いてきますが、考えを追わず、まず、坐るということを体験してください。最初に感じるのは身体の感覚。疲れるし、足は痺れるし、辛いものです。でも、その痺れ、凝《こ》り、疲れを感じることからしか、坐禅には入れませんので、それをあたりまえのこととして受け入れ、ただ続けていけばいいのですよ」

なるほど、最初に感じるのは足の痺れか。確かにこの胡坐の姿勢を十分も続けると足の先がじんじんしてくる。

「息は力んで吐こうとしなくてよいです。吸うよりも、吐くことに気持ちを向けること。静かに呼吸をしているうちに、考えが次々に浮かんできます。それを否定したりしなくてよいのですよ。ただ、その考えに執着しないことです」

まてよまてよ。考えに執着しないというのは、どういうことだろうか。そのことを考え始めてしまって、あ、これが執着か、と思う。

「考えは浮かぶがまま。そうしていると、考えといっしょに感情が動きます。感情は考えることによってわきあがってくるのです」

私の頭にはいつまでもいつまでも、アイリーンの言葉がリフレインしている。これも、考えなのだろうか。この言葉も消さなければいけないのか……。ということを、また考えている。私はどうしても、アイリーンの言動に強く執着してしまう。だからアイリーンは私に多くを語ろうとしないのか。

「風が思考なら、感情は風で舞い上がる砂ぼこりのようなものです。それらはみな、かりそめのものです。現実ではありません。あなたの頭のなかにだけ起きていることです。考えや感情に実体はないのです。考えも、感情も、あるがままに観察しましょう。そうすることで、しだいにおさまっていきます。でも、そうなるためには時間が必要です。簡単に自分の心を安定させようと思っているでしょうけれど、それはね、無理なの。そう簡単に心は思い通りにはならないの」

時間が必要って、それはいったいどれくらいの時間なのだろうか。何年くらい坐禅を続けると心を観察できるようになるのだろうか、三年、五年、十年。ニューヨークで出会った参禅者たちは二十年続けているが、まだまだだと言っていた。二十年も坐り続けて平安が得られないとは、どういうことだ。それは意味があるのか。いくらなんでも時間がかかり過ぎだろう。二十年経ったら、私は七十近くなってしまうじゃないの。

きっと、アイリーンは私たちを戒《いまし》めるためにあんな大げさなことを言っているのだわ。だって、二十年も坐って何も得られないのであれば、人はそんな無駄なことを続けるわけがない。……ということを考えている自分がいる。まいった。どうしたって考えてしまう。考えないということができない。考えないということを考えてしまう。どうしたらいいのだろう。ああ、これも考えだ。

あるがままって、いったい何なの。少なくとも、私はあるがままじゃないからこうしてイライラしているのだろう。だったらいっそのこと、考えてしまえ。考えないことが無理なら、あるがままというのは、考えている状態だ。なんでも考えてやろうじゃないの。

開き直った私の頭に浮かんで来たのは、またしても別れた男のことだった。また、あなたですか、いい加減にしてください、と思うものの、浮かんで来てしまうのだからしょうがない。

どこが好きだったのかしらあの人の。

男との出会いの瞬間。ああそうだ、子どものように純粋に自分の仕事について語る姿に好意をもったのだ。その純粋さはどこかで自分が失いつつあるもので、この男のそばにいれば私の中にも同じものが甦ってくるような気がした。

いまや男は別の女性と結婚することになったわけだが、そもそも私はすでに結婚している。男と再婚しようなどとは夢にも考えていなかった。いや、そうかな、ちょっとは考えていたのかもしれないな。具体的じゃなかったけれど、そういうこともあるかもしれないと妄想くらいはした。

せいぜい今の夫が先に亡くなって私も独り身になったら、そんな程度の漠然とした妄想だ。離婚してまで一緒になる気などさらさらなかったのに、どうして私は男の結婚にこんなにショックを受けているのだろうか。それはあまりに身勝手すぎやしないか。

そうなのだ、私は身勝手なのだ。妹にもそう言われた。あの自殺する前の日に妹は電話で言ったじゃないか。

「姉さんは、身勝手すぎる」

あの言葉を、きっと男も吐くだろう。

「君は、身勝手すぎる」

じゃあ、どうしたら良かったのだ。私はどうすればいいのだ。私の心は身勝手が好きなのだ。そんなに悪いことなのか。そこまで悪くはないだろう。私の身勝手などかわいいものだ。私が妹に何をしたというのだ。私は、妹のためを思って意見してきた。母だってそうだ。少々口うるさくはあったが、迷惑なら無視すれば良かったのだ。働けないというから、病院に行くように言った。それのどこが身勝手なのだ。

職場でうまくいかないだの、頭が痛いだの、腹が痛いだの、自分のほうがよっぽど身勝手なことを言って周りに迷惑をかけていたじゃないか。

いや、違う。そうじゃない。あの子にはあの子の辛さがあったのだ。私には理解できない弱さがあったのだ。母は他人はすべて自分と同じ精神構造を持っていると錯覚している人だったが、それと似たところが私にもあるのだ。

あの男は、奥さんをガンで亡くしていたが、奥さんの話はあまりしたことがなかった。私はあえてその話を避けた。彼がどういう気持ちで奥さんを看取っていったのか、そんなことを考えたことはなかった。ちらっとは考えたが、それは過ぎたことで、二人の間に持ち出すことではないと思った。

だが……、相手のことを理解する努力が私には足りなかったのじゃないだろうか。

いや、違う。私はずいぶんと男を理解しようと努力したではないか。そもそも、最初に言い寄ったのは私ではない。男のほうじゃないか。食事が終わって地下のレストランの階段を先に昇りながら手を差し出してきた。私がその手を握ると、ずっと手を離さなかった。そして、別れ際に抱きしめてきたのは、確かに男のほうだ。あれは酔っていたからなのか。だったら、そんな軽はずみなことをした方に問題がある。

妹だって、母の還暦の祝いに首を吊るなど、あんまりだ。それでは母がいたたまれない。自殺こそよほど身勝手ではないか。あのあと母はすっかり落ち込み、妹の霊を鎮《しず》めるのだと言って四国にお遍路《へんろ》に行ってしまった。今も陰膳《かげぜん》とお線香は欠かさない。真言密《しんごんみっ》教《きょう》のマントラを唱え、このあいだなど、空海《くうかい》の顔が彫られたキーホルダーをお守りにくれた。そういう押しつけがましいところは八十を過ぎても相変わらずだ。人間はそう簡単には変われないものである。

ああもう、いくらでも考えが湧いてくる。いったい私の頭の中はどうなっているんだ。

しかし、私は作家なのだから、考えが湧かなくなったらおマンマの食い上げ。妄想してナンボの商売なのだ。妄想バンザイ。妄想がなくなったら小説など書けるわけがない。私は生涯、妄想で生きていくのだ。

こういう開き直りを、アイリーンはガンコと言うのか。これらの数多《あまた》の考えはすべて、わからない、私はまったく、私というものがわからなくなってしまった。

このままではダメだ。せっかく坐禅をしている意味がない。

素直に坐るのだ。下腹に意識。吐く息を大切に。そして、考えを深めない。……考えを深めない？　考えを深めるのが作家の仕事だぞ、深めないとはどういうことだ。いや、そういうことは考えてはいけないのだ。落ち着け。落ち着いて、そうだ。痛みを感じろと言われた。足の痛みを感じてみよう。痛みだけを感じる。

痺れる……、痺れる……、痺れる……。

鉦が鳴った。終わった。

目を開けた。ああ、現実だ。アイリーンが笑っている。

いったい今までどこに行っていたんだ、私は。

どっと、疲れた……。

今日は絶対に眠っちゃだめだ。

そう自分に言い聞かせて、二日目の坐禅に臨《のぞ》みました。

チーンと鉦が鳴ります。私は目を閉じます。心を静めようとします。息を吸って、吐いて。言われた通りに下腹に意識を集中していきます。

静まれ、静まれ、心よ、静まれ。

ああ、でも、だめ。思い出したくないのに、また、子どもの頃のことが浮かんでくる。

どうしてなの。目を閉じると、子どもの心に戻ってしまう。

私は四歳、いえ五歳かしら。

近所の子たちと一緒に遊んでいます。楽しくて夢中。ビニールのボールを持って、追いかけっこしながら走っています。

そのボールはよく遊んでいる近所の女の子が持っていたものです。みんなで、取りっこをして、楽しい。私の手にボールが飛んできた。やった！

ボールを持って走ります。今度は誰に投げようかな。その時、持ち主の女の子がとても怖い顔をして通せんぼしました。

「ダメ！」と、その子が言いました。

「りんちゃんは、触っちゃだめ」

ボールを奪われて、事情が呑み込めませんでした。その女の子は少し年上で気の強いリーダー格みたいな子でした。私は、遊びのつもりで、もう一度ボールを取ろうと手を伸ばした。すると、彼女は私を突き飛ばしてこう言ったのです。

「出っ歯！」

他の子もやってきて急に場の空気が変わりました。

出っ歯、出っ歯、出っ歯は触っちゃだめ。りんちゃんは触っちゃだめ。あ、コイツ触った、汚ねえ。出っ歯がうつる、出っ歯がうつる。

その時の子どもたちの顔は、目が吊り上がっていて小さな悪魔みたいだった。人は怖い、人は変わるんだ。

あれが、私の人生の始まりだったな……。

小学校の歯科検診で、歯医者さんが私の口の中を見て苦笑しました。「まいったなあ……」どういう意味なのかよくわかりませんでした。

顎が小さくて、歯が入りきらず歯並びがぐちゃぐちゃなんだそうです。

「このままだと、将来はもっとひどくなるかもしれない」

そう言われても、母は「はあ……」と頼りなく返事をするだけでした。先生は母の顔を見て「さもありなん」という顔をしました。これ以上、何か言っても無駄だと思ったんでしょう。母もひどい出っ歯。遺伝なんです。

中学校の頃、男子は喧嘩すると「おまえ、りん子とキスさせるぞ」と言って相手を脅していました。ああ、この歯が引っ込んでいたらなあ、せめて、歯並びが人並みだったら……。思春期になる頃、骨格が変わってきて、歯医者さんが言った通り永久歯はタケノコみたいにめちゃくちゃになってきました。

生まれつき皮膚の色素が足りないから、太陽に当たると火傷《やけど》したみたいに赤くなる。夏でも長袖の体操着、運動は苦手でした。股関節が弱くてすぐ脱臼してしまう。道を歩くと、すれ違う人がぎょっとして振り返る。「南洋のお面かと思った」そう言って感心した人もいました。

就職も面接で落とされ、バイト先では「あんたはお客さんの前に出ないで」と言われ、道を歩いているだけで、見苦しいと文句を言われました。

だんだん、人の目が怖くて外に出られなくなった。
どうにかしたい。この顔、消したい。
化粧すると、かえって変。どうしようもない。
出っ歯は治らない。
この顔が嫌なら、死ぬしかない。

自分の顔が嫌。どうしても嫌だった。
だから、あのテレビ番組が始まった時は、衝撃でした。
醜い人を集めてきて変身させる番組。
番組がお金を出して美容整形手術をしてくれる。有名なヘアメイクやヘアアーチストに磨きをかけられ、アヒルの子が白鳥になる。テレビの前に釘付けになりました。毎回必ず見ていた。録画までして何度も何度も夢中で見ました。

純粋にうらやましかった。私だって何度、整形を考えたことか。でもそんなお金どこにもないし、もし失敗したら、もっとひどい顔になったら。そう思ったら踏み出す勇気なんかなかった。

でもここなら安心。テレビ局のお墨付きがある。医師だってテレビに出たら最善を尽くすでしょう。この醜い容貌から逃れられるならなんでもできる。さらし者になってもかまわない。どうせ今だって半分死んでいるみたいなものなんだし。もうどうなってもいい。

番組宛てに手紙と写真を送って、神様に祈った。どうか私を変えてください。会いに来たのは若いディレクターの男性。彼が私を見た時の最初の反応ったらなかった。ぎょっとしたの。目の色が変わるんです。慣れているからいいの。それより、私は彼に好印象を与えたくて、精いっぱいの笑顔を作ったっけ。

親切な人でした。君の一生のことだから、よく考えて決断するようにと。私、二十三歳だった。恋がしたかった。男の人に自分が女だと認めてもらいたかった。優しくしてほしかった。私に興味をもってほしかった。私ったらすぐそのディレクターに好意を持ちました。だって、私の話をこんなにちゃんと聞いてくれた男の人は、この人が初めてだったんだもの。真剣に頷く彼の瞳に胸きゅんになっちゃった。ほんとバカだよね。相手は仕事なのに。

いんです」

「もうこんな辛い毎日はいやです。ふつうの顔になって、就職して、新しい人生を歩きたいんです」

男の人は簡単にブスを踏みにじるのです。ブスは殺してもいいと思っているんです。それを悪いことだと思ってもいないのです。男の人は顔のきれいな女が好き。まず顔。中身なんかどうでもいいの。私は鬱憤《うっぷん》をディレクターにぶつけました。彼は「耳が痛いな」と言ってた。正直な人だと思いました。

「わかった、なんとか、番組に出演できるように協力しよう」

でも、こうも言ったのです。

「ただ、僕はもしあなたが美人になったとしても、あなたとおつきあいしたいとは思わない」

ばしっと蝿《はえ》叩きで叩かれたような感じでした。

「どうしてですか?」

彼はぼりぼりと頭をかきました。

「あなた、ちょっと重いんだよ」

「重いって、どういうことですか?」

「だからさあ、なんていうかなあ、こう、べたっとのっかられる感じなんだよなあ。まあ、そういうのが好きな男もいるから好みだと思うけどね」

手術を担当した医師は、いつも反り返って歩いている自信満々の男性。

姿勢がとてもよく、軽い足取りで社交ダンスを踊っているように大げさな身振り。テキパキしていて、有能で、声が甲高《かんだか》くて、ちょっとオカマっぽかった。私の顔を定規で正確に測り、立体的なコンピュータグラフィックにして前後左右から映し出しながら揉《も》み手《で》をして喜んでいました。

「うれしいね。こんな難易度の高い顔はめったにいない。骨格がめちゃくちゃだ。やりがいがあるね。私の最高傑作に仕上げてあげますよ」

私の証明は、この醜い容貌なのかしら。それが私の取り柄なんて皮肉だわ。美容外科医は自分の腕を誇示するために彼のもてる技術をすべて注いで、私の顔を完璧な美人にしてくれると言うのです。私の不細工さに外科医としての闘争心をかきたてられた……と。そんなことを言われても私はこの人に頼るしかなく、顔を変えてくれる医師を慕ってまでいました。

この人によって、私の顔はまったく原形を留めず改造されたのです。

計算されつくした、美の黄金律《おうごんりつ》によって作られた顔。

包帯を外す前夜はずっと神様に祈っていた。成功しますように、成功しますように。鏡を見た夜も眠れなかった。嬉しいより怖かった。これじゃあ、誰も私だとわからない。まるで別の人だ……。泣いたらダメ。これで良かったんだ。後悔したらダメ。進むしかないんだ。

ファンファーレが鳴り、舞台裏から私が歩いていく。

会場騒然、ゲストは啞然。「ここまでやっちゃったらもう本人じゃないよ」と女性司会者は不服そうでした。

「あなたは、整形すれば幸せになれると思っているようだけれど、それは大きな間違いよ」

あの番組の女性司会者が言った言葉を、私は時々思い出します。その人の目がとても怖かった。怒っているみたいでした。

「あなた自身のものの考え方を変えなければ、幸せになどなれないのよ」

ならば、なぜあなたはこんな番組の司会などしているのですか？　この番組こそ考え方を変えずに顔を変えることで、女を見せ物にしているではありませんか。

私は履き慣れないハイヒールにふらふらしながら笑顔で立っていました。終始笑っていろと、何度もディレクターに注意を受けたからです。笑い慣れていないのでだんだん口がひきつってきます。煌々《こうこう》と当たるライトの光がまぶしかった。私は宣言しました。

でも、いったい誰に向かって誓ったんでしょう……。

「ありがとうございます。今日から、生まれ変わって幸せになります」

まぶしいライト、頭が真っ白。誰にも言えない過去。誰にも言えない秘密。もう取り返しがつかない。私は一生、みんなを偽《いつわ》って生きていくんだ。そういう道を選んでしまったんだ。

チーン。鉦の音が響く……。

そっと目を開けると、そこにアイリーンさんがいた。先生も、ご住職も、奥さんもいた。

とてもほっとした。

大丈夫、ここには、怖いものは入って来ない。

アイリーンはスタッフと共に都心のホテルに向かい、私とりん子はぐったりと疲れて武蔵野の家に戻って来た。ほとんど口をきかなかった。もともと、りん子はこちらから話しかけない限りめったにしゃべらない。

私は、初日よりもさらに落ち込んでいた。

やはり、自分には坐禅は向いていないのかもしれないと思った。あんな辛いことを、七年も十年も続けるなんてまっぴらだ。カウンセリングでも受けたほうがよほどましではないかしら、と、臨床心理士の友人の顔など思い浮かべたりしていた。

なにか、指針があれば、もう少しがんばれるのだが。たとえば、三日坐ると、こんな感じ。四日坐ると、こんな感じ。そういうガイダンスがあれば、よし、次の目標を目指してがんばろうという気にもなる。なにもない、ただ漫然と坐れとは。それは私が一番苦手とするところだ。

私は目標が欲しいのだ。努力すれば必ず到達できるのならがんばれる。目標も目的もない原野をただ歩き続けるのではたまらない。もうすぐ五十歳なのだ。私の人生にそんな無駄な時間は残っていない。

考えがまた堂々巡りになってきた。いかんいかん。私は疲れているので前向きな気持ちになれないのだ。たかだか数回の坐禅で禅の道が究《きわ》まるわけがないではないか、それこそ傲慢というものだ。謙虚《けんきょ》。謙虚になるべし。

いったい、私はアイリーンに何を期待していたのだろう。アイリーンに師事すれば、何が変わると思っていたのか。安易に目新しいものに飛びつき、これは違うと放り投げる。それが私の悪い癖。そう、カルマだ。あの男にも、そうやって飛びついた。そして、相手はそれを見抜いた。私の本質に気づいたのだ。だから、私のカルマに巻き込まれる前に逃げ出したのかもしれない。

「先生、お風呂が沸いています」

りん子が、ドアをノックして言った。

「ありがとう」

私は仕事机から立ち上がり、寝巻きの用意をして階下に降りて行った。台所では、りん子と娘が二人でカップラーメンを食べていた。

「あなたたち、また、そんなものを食べて!」

「だって、めんどくさいんだもの。お母さんは食べないっていうし、ねえ」

いつのまに親しくなったのか、二人で頷きあっている。

私はため息をついて、風呂場に行った。

洗濯物が溜まってしまっている。日常の雑事はこうして押し寄せてきて、そのなかに埋もれてしまえば、自分の内面に深く潜り込む必要もない。女は日常に流されて生きていけばいいのだろうか。着ていた服を脱ぎ、洗濯機の中に放り込んで洗剤を入れスイッチを押した。洗濯機がウインウインと回転し、洗濯物の量を調べている。こういう機械のしぐさを、私は愛《いと》おしいと思う。どういう理由か知らないが、家電に愛着があるのだ。これも、執着なのだろうか。働く洗濯機を見ると心が和む。

電気掃除機や、電気ポットも好きだ。だがやはり、冷蔵庫と洗濯機はダントツにかわいい。こやつらは生き物ではないのであるから、家電をかわいいと思うのは完全なる妄想だ。しかし、人生に妄想は必要だろう。それを失ってしまったら、なんの面白みもないではないか……。

風呂に入り、風呂場の鏡に自分が映る。

まだ、それほど身体の線はたるんではいない。あと、何年、この体形を維持できるのか。老け込むのは早いのだろう、あと数年かなあ。ああ、なんとも憂鬱だ。なんともやりきれない。ざばざばと顔を洗い、湯船にざぼんと浸かった。熱いお湯に気持ちが緩むと、あぶくのように別の考えが浮かんできた。

りん子は、ずいぶん元気になってきた。あの子は、立ち直れるかもしれない。良かった。私はりん子の笑顔を見て喜んでいる。りん子が娘と二人で台所でカップラーメンを食べている、そんなことがなぜ嬉しいのだろうか。

私ったら、あの子のことが好きになってきたのかしら。モサッとしたどうにも気色悪い娘だと思っていたのに、情が移るってこういうことを言うのかしらね。まあ確かに、ちょっとトンチンカンだけど、あの子は素直ないいものを持っているわ。

りん子に対する愛情は私を和ませた。意地悪な私もいるけれど、素直にりん子の回復を喜んでいる私もいる。そういう自分にほっとしている。

こういうのも、執着なんだろうか。

私にはどうしても、アイリーンの世界観が理解できない。禅の思想は何冊も読んで頭ではわかっている。理屈ならいくらでもこねられる。本だって書けるくらいの知識は詰め込んだ。だが、どうしても、実感としてわからないのだ。執着や欲望を削ぎ落としてしまったら、すごくつまらない気がする。人生に色恋沙汰《いろこいざた》がなかったら、みんなセックスしなくなる。それでなくても少子化が進んでいるのに、みんなが禁欲したら人類滅亡だろう。いい年をしていつまでも女でいようとするのが、ガンコなのか？　自分が変わりたくないから抵抗しているのか？

アイリーンと過ごす時間はあと一日。その間に、私は答えを見つけられるのだろうか……。

ああ、いかん、答えはないのだった……。

「アイリーンが早めに来るようにとおっしゃっているから、急いで支度をなさい」

台所で洗い物をしていた私は思わず聞き返しました。

「え、私もですか？」

先生は着替えの服を持って部屋の中を右往左往していました。

「いいえ、あなたがよ」

なぜ私が……。ああ、きっとぜんぜん坐禅に集中できないので、注意されるんだわ。初日から寝ちゃったし。

私は先生からいただいた服に着替えて、急《せ》き立てられながら駅まで歩き、電車の中でもずっと憂鬱でした。アイリーンさんに会うのが……ではありません。今日でもう坐禅が終わってしまうのが淋しかったのです。この会が終わったら、これから先、私はどうしたらいいんだろう。なるべく考えないようにしているのですが、どんどん過ぎていく時間が恐ろしくてたまりません。

お寺に着くと、いつものようにご住職の奥様が玄関で出迎えてくださいました。「ずいぶん元気になってらして……」と背中をさすってもらいました。その親切が肌を通して骨身に染みてせつなくなります。感謝や喜びに不慣れな私は、人の親切をどう受け止めていいのかわからず、とまどっていました。

「アイリーンさんが、お待ちになっていますよ」

そう言われて、びくびくしながら後をついて行くと、二階の和室の襖の前で「こちらよ」と、置き去りにされ、しかたなく襖を開けました。

畳の匂いがして、ふと実家のことを思い出しました。黒くてつやつやした和式のテーブルの前でアイリーンさんが手招きをしています。

正面ではなく斜め前に座ると、何も言わずに小さな湯飲み茶わんにお茶を注ぎ、そっと私の前に置いてくれました。そのお茶わんは濃い青に赤いつばきの花が描かれており、うす緑のお茶が映えてとても美しくて、思わずぼうっと見とれてしまいました。

なんてきれいなのかしら。

そのとき、私の身体の奥から突き上げてくるものがありました。

「私は、こんなことをしていただく資格のない人間です」

口から出た大きな声に、自分がびっくりしました。でも、言葉が止まりません。言葉が、勝手にどんどん出てきてしまうんです。

「私は、ふしだらで、だらしなくて、嘘つきで、どうしようもない汚れた人間なんです。醜くて、性欲まみれで、欲情を抑えることができない、私は、生きている資格もないような、ほんとうに、ほんとうに、最低の女なんです」

涙がぼろぼろこぼれました。もう自分は死んだほうがいい。みじめで、なにもできなくて、生きる価値がないと。

「そう。最低なの」

「はい……」

「だったら、もうこれ以上、落ちようもありませんね」

あっさり受け入れられてしまうと、少し心が静まりました。すっと風穴が空いたような不思議な感じでした。

「あなたはいま、井戸の底にいます。一番深い底の底にいます。この下はありません。これで終わりなのです。最低だと思えた人は強いのです。もう落ちようがないのですから」

私はうなだれて、アイリーンさんの声だけを聞いていました。

「右も左も真っ暗。でも、よくありのままを見てごらんなさい。あなたはなぜいまここにいるの？　あなたを助けてくれた人たちがいたからでしょう。その人たちはなぜあなたを助けたのかしら。あなたは、自分を責めているけれど、一番自分を許していないのは、あなた自身ですよ。下ではなく、上を見てごらんなさい。上は突き抜けているでしょう。高く光り輝く空まで、頭の上がひらけているのがわかりますか。あなたを助けた人たちも、あの空から降りてくる光に照らされて生きているの。その光があなたにも届いている。だから、大丈夫。安心して、光の方へ進むのよ。もうここより下はない、あなた、いま、自分でそう言ったのだから」

「光の方へ……。行けるのでしょうか？」

「実際に、来ているではないの」

そう言って、アイリーンさんは笑いました。

「あなたが自分で選んで、ここまで来たのよ。自分を責めないで、許してあげなさい。自分が間違っているかどうかは、人生が教えてくれます。自分を信じて」

自分を、信じる。

そんなことできるのかしら。この私に。間違いばかり犯してきたこの私に。とても怖かった。でも、どうしても踏ん張らなければいけないと感じた。逃げてはだめ。私のなかの何かが叫んでる。その声が聞こえる。

生きろ、と。


「どう、よう子。坐禅とは悩ましいものでしょう？」

「……ほんとうに、悩ましいものです」

私は素直に答えた。正直、坐るたびにくたくただ。こうまで煩悩が深いと、このまま煩悩に埋もれて一生を終えてもいいやというヤケクソな気にすらなる。

「私は静寂を求めていました。そして、あなたに出会ったんです。あなたは、止まっています。アイリーン。とても静かです」

「いいえ。人は日々、揺れ動き、変わっているの。昨日と同じ今日はない。だから、私は坐り続けるの」

人は悩めば悩むほど、救いを求める。

悪行を積めば積むほど、救いを求める。

悩みのなかに救いがあるとブッダは言う。

だとすれば私はまだ悩み足りないのか。

悩むことを、避けているのかもしれない。

目を閉じると、いつもと様子が違った。

辺りが妙に暗い。なんだろう、この暗さは。

初めて感じる暗さだ。そういえば、瞼《まぶた》の裏の明るさなど気にしたこともなかった。昨日と同じお堂の中で坐禅しているのだから、明るさが変わるはずなどないのだが……。

背後から「お姉ちゃん」と、呼ばれてはっとした。

まさ子じゃないの。ああ、ついにあなたが出てきてしまったのかと、私は観念した。いつかは出てくると思ったが……。

妹の姿は幼かった。まだ、五歳か六歳くらいに見える。夢に現われた妹だ。それとも私はまた夢を見ているのか。違う、私は坐禅しているのだ、夢など見ていない。じゃあ、これはなんなんだ。

見回すと、そこはやはり、妹が首を吊った物置小屋だ。ベビー箪笥や、三輪車が積み置かれている。この夢の中にまた来ることになるとは……。

「お姉ちゃん、どうしたの？」

妹は心配そうに私の顔を覗き込む。

「どうもしないわよ。ただね、少し疲れているのよ」

「なんだ、遊ぼうと思ったのに」

私は苦笑して言った。

「私はすっかり年をとったのよ、もう遊ぶ年じゃないわ」

物置小屋の細い天枠にロープをかけて、妹は首を吊った。あの日、私はなぜ物置を開けたのだろうか。こんな場所に妹がいるわけもないのに。

「私、この物置が嫌いだった」

そう、妹が言った。

「だって、叱られるといつもここに入れられたでしょう」

躾に厳しかった母は確かに、この物置に私たちを閉じこめて仕置きをした。しかし、いま考えるとあれは仕置きというよりも、母親のうっ憤《ぷん》晴らしではなかったのかと思えてくる。

私は、小さい妹がなんだか不憫《ふびん》に思えて母の代わりに謝った。

「ごめんね、あんた怖かったんだね。そうだよね、怖がりだったものね」

すると、妹が「ねえ、遊ぼうよ」と言って、奥の方からお人形を引っ張り出してきた。それは、着せ替え人形で、子どもの頃におままごとをしたものだった。この人形を買ってもらったのは私なのに、妹と一緒に遊びなさいと言われ、独り占めしたい私はちっとも妹には貸してあげなかったのだ。

「それで遊びたかったのね。ごめんね。だって、なんだって妹に貸してやれ貸してやれって言われて、腹立たしかったのよ。姉って言ったって二つしか違わないし、私だって子どもだったのよ」

そう答えながら、なにかが違うなあと思っていた。妹は愛おしそうに人形を抱きしめてあやしている。まるで、赤子をあやしている母親のように。

「よちよち、いい子だね」

人形の目がぎろりとこちらを向いた。

妹は、妊娠していたのだ。

相手は職場の上司だと聞いた。つきまとわれて困っていたらしい。いわゆるセクハラだ。それで会社にも行けなくなっていた。何度か妹に相談を受けたが、あまりに遠回しな言い方をするので、男性にモテて困っており、それを鼻にかけているように私の耳には聞こえた。子どもの頃からうっ積していた妹への嫉妬が思考を狂わせたのだ。

死ぬほど苦しんでいるとは思っていなかった。美人は大変だわね、くらいに考えていた。実際、妹は高校時代からよくモテた。交際を申し込まれて断わるのに四苦八苦している様子が、なんとも嫉ましく、その記憶が私の中に残っていたのだろう。

「上司につきまとわれるって、そんなのはあなたの思い過ごしじゃないの。だいたい、あなたはいつも優柔不断ではっきりした態度を取らないから相手に誤解を与えるの。自業自得よ」

気がつくと、私の手には首吊り用のロープが握られている。

妹は消えていた。私はそのロープを握って物置の天井を見上げる。

丸く開いた穴の向こうから、ぬっと観音様の眼が覗いていた。

観音菩薩像のお顔が、いつもと違って見える。

こんなに慈悲深いお顔だったろうか。

この寺に寄せてもらいながら、仏像にはちっとも興味がなく、観音様はお寺のお飾りくらいに思っていた。ここはこの観音菩薩のお庭。その庭で遊ばせてもらい、良いご縁をいただいた。ありがたいことなのに、感謝の心が、まったく欠けていた。

最後の坐禅を前に、私はそっと観音菩薩像に手を合わせた。

（ありがとうございます）

お堂に座った皆の顔を、アイリーンはゆっくりと見渡した。

「このように皆で一緒に坐っておりますけれど、体験していることはそれぞれ別々なのですよ。だから、他人と比べたり、競ったりすることはできません。そしてね、毎回、違うのです。毎日、坐れば、毎日違う坐禅なのです。違うから続けられるのね。同じだったら、いくら私でも飽きてしまいます。

どう、心はなかなか静まらないでしょう？　ますます乱れてきませんか。それでいいんです。その乱れた心をじっと観察していくことを学ぶのですから、乱れているのであれば、それに気づく準備が整ったと考えてください。だから、私たちは、こうして出会った。それは、みなさんの心の中にある真実の光、如来、真我、真如《しんによ》、いろんな呼び名はありますが、魂からの呼びかけによるものです。準備ができたよ、だから、私に気づいてください、と、呼びかけているんです。一期一会《いちごいちえ》の坐禅を楽しみましょう」

鉦の合図で目を閉じる。

静かに、自分の息を観察する。吸って。吐いて。吸って。吐いて。不思議と息に気持ちが向いた。しっかりと息を見つめ、息に集中できる。時々、足の痺れを感じ、ああ、足が痺れているなと思う。そしてまた、息に意識を戻す。

ふと、りん子のことが浮かんだ。

三月十一日の夜、ぬるっと暗闇に足を取られた気味の悪い感触は何だったのか。そういえば、いまだにりん子の素性を知らない。あの子が何を考え、感じているのか、私はなにも知らない。別に知る必要もなかったのだ。あの子に寝床と食べ物を与えた。それだけだ。それで充分だと思っていたが、一方的な親切を押し売りしただけだったのかもしれない。でもこれからは、もっと、あの子の話を聞いてあげよう。行く所がないなら、しばらくはうちにいてくれてもかまわない。鈍《にぶ》いが素直な子だから、仕事を教えれば事務くらいはできるかもしれないし……。

そう思うと、なにやらふわっとしたあったかい心地になり、気を取り直して再び、自分の息に集中した。吸っている、吐いている、吸っている、吐いている。吐くたびに胸の中から何かが外へ出ていく心地がする。身体の感覚として、胸が軽くなっている。同時に腰から下がどんと重くなり、少し前屈してみると、すっと楽になる場所が見つかった。なるほど、こうやって自分の身体に訊きながら探っていけばよいのか。背骨の上にうまく頭蓋《ずがい》骨《こつ》が乗るように、私は腰をずらした。肩の力を抜いて胸を開くと、より呼吸が楽になり、息に集中できる。

吸う。吐く。吸う。吐く。かき乱されていた湖底の泥が、ゆっくりと沈んでゆき、やがて水が透明になるように、言葉が、沈んでいく。

アイリーンと別れる淋しさも、面影だけを残し沈んでいった。

その日の坐禅は、なんだか、いつもと違う感じでした。
目を閉じると、とても闇が深くて、その闇を一生懸命に見つめました。
昨日までは、闇なんか見えなかったのに、どうしたのかしら。瞼の裏がどこか別の世界に繋がってしまったみたいなんです。
なんだか、静かすぎて怖いな……。

しばらくすると、ひたひたと闇の奥から歩いて来る人がいました。

ああ、彼です。やっと仙台の彼が来てくれました。

どうしようって、急に胸がドキドキしました。

腕を組んですっくと立っています。彼の姿から悲しみも、怒りも、感じられません。若大将って感じの笑顔でした。スカッとしているのです。なんて気持ちのよい人なんだろう。私はおつきあいをしている時、ちっともこの人の良さをわかっていなかったんだと思いました。いったい、彼の何を見ていたんだろう。ほんとうにバカだ。

「セイジさん！」

名前を呼ぶと「オウ！」って答えてくれました。

ああ、私はほんとうにこの人のことが大好きだった。それは間違いない。真実、大好きだった。よかった。この気持ちに偽りはなかった。ただ、どうやって人を好きになっていいのかわからなかったんだわ。

彼はヨットが大好きなんだから、好きなヨットをしている彼を丸ごと好きになればよかったのに、ヨットにあなたを取られたような、そんな狭い考えで拗《す》ねたり、ひがんだりしていたんだ。ごめんなさい、ほんとうにごめんなさい。私がバカでした。身勝手でした。

私は何度も彼に謝りました。そうすると、彼は笑って言うのです。

いだった。自分に似てる親も嫌いだった。だから整形して顔を変えてしまった。だけど、顔を変えても私は変わらない。私の心はずっとあの顔のままだもの。

「いっぱい、いいとこもあるぞ」

こんな自分を好きになんかなれるわけがないです。ずっと子どもの頃から自分が嫌

「私は、あなたに隠していたことがあるんです。本当は、私は美人でもなんでもないの。私はね、ひどい顔だったの。きっと元の私の顔を見たら、あなたは絶対に私を好きになったりしなかった。私は、自分の顔が大嫌いで、整形手術で顔を変えてしまったんです。あなたが知っている私は本当の私じゃないの、お医者さんが作った私なんです。あなたを騙して、ずっとおつきあいをしていたんです」

彼はなにも言いませんでした。ちょっと悲しそうに私を見ていました。

「ほんとうに、ごめんなさい。どうか許してください」

急に風が吹いて、彼は空を見ました。カモメが飛んでいます。彼はニカッと笑うや、ざぶんと海に飛び込むと、ものすごい速さで泳いで行ってしまったのです。

待って、セイジさん、待って。どこに行くの？

気がつくと、そこは松島《まつしま》でした。

あれ、ここは……。

私は必死で彼の姿を探しました。

いたいた、ごめんね遅くなって。だってね、新幹線が遅れちゃったの。

ご愛用の帆布《はんぷ》のバッグを持った彼が、改札口に立っていました。

仙台駅で待ち合わせして、牛タン弁当を買って松島に遠出しました。

うわあ、いい天気。凪いだ水面に浮かぶ小島と、風に沿って踊っているような松の林。

のんびりして、穏やかで、百年前の日本の絵はがきみたいな風景でした。

レンタルカヌーでツーリングしようと言い出したのはもちろんセイジさんのほう。泳げない私は、カヌーの上から遠ざかっていく彼の優雅なクロールを眺めるだけ。

一番近い島に泳ぎ着くと、彼は陸に上がって手を振っています。

「ツブ貝が、いっぱいだよ」

私は必死でカヌーを漕《こ》ごうとしたんだけど、ぜんぜん進まない。

「オールを立てて！」

と言われたので、手に持って「こう？」と垂直に立てたら「ばーか」って笑われた。

「水に対して立てるんだってば」

せっかちなセイジさんはカヌーを押して泳ぎ始めて「人力カヌーだ」と島に突進。カヌーは左右に大きく揺れて、けっきょく、ひっくり返って私も海に落ちちゃった。ライフベストを着ていたから水死は免《まぬか》れたものの、ビールが一本、海底に沈んだ。これは痛手だったな。

小島に上がって、残った一本のビールを分け合って飲んだ。

最初にごくごく喉を鳴らしてセイジさんが飲んで、「んっ！」と私にくれた。口をつけていいのかな……と思い、ドキドキした。「ありがと」と一口飲んだ。ちょっとぬるかった。

ごつごつとした大きな岩があって、セイジさんは岩場にびっちりとへばりついているツブ貝をナイフでこそげ落とし、中味を抜いて刺し身にした。

「うまいぞお……」

海水の塩味がきいていて、身はほんのり甘く、コリコリと美味《おい》しい。

それから持ってきたガスバーナーでお湯をわかし、大量のツブ貝を茹《ゆ》でて食べた。

ツブ貝は岩盤に噴き出た茶色い湿疹《しっしん》みたい。

「きっとさ、昔の人もこうやって貝を食べて、それが貝塚になったんだろうなあ」

セイジさん、ラッコも驚くほどのツブ貝を食べてうれしそう。美味しいものを食べる時、目が弓なりに細くなる。その目がかわいい。

それから二人で、夕焼け色になった水面を漕いで帰った。松島の海は、池みたいに静かだった。波すら立っていない。海に浮かぶ島影がクジラの群れみたいだった。

セイジさん、どうして気がつかなかったんだろう。こんな大事なことに。

死ぬって、二度と会えないってことなんだね。


気がつくと私は、一人で森の中を歩いていました。

ここはたぶん人間が踏み込んだことのないような原始の森なのだと思いました。怖くはありませんが、どきどきしていました。この先にとても大切ななにかが在ることを知ってるからです。

森の奥に進むほどに、あたりは静かになっていきます。なんの物音も聞こえません。身体ごと消えてしまいそうな静寂。無音の密度がとても高くて息苦しいほどでした。静寂はなにもないことではなく、静寂という存在なのだと思いました。

気配がします。なんだろう、脈打つようなこの空気の振動。

湖がありました。薄茶色の水晶のような湖面が、時々光を反射して青く光ります。なんと奥深い色彩だろうかと湖水を覗き込んだ私はその透明な美しさに吸い込まれそうになり、ぞくっと背筋が震えました。湖面の中心に暗い部分があって、まるで生きているように水輪が開いたり閉じたりしています。水もそこだけ墨汁《ぼくじゅう》のように黒く、あそこは深いんだろうなあ。落ちたらきっと助からない。この世ではないところに続いているのではないかしら……と思いました。

湖面が大きく揺れて瞬《まばた》きをした時、やっと気づきました。

あ、これはアイリーンさんの目なのだと。私は彼女の心の目を前にして立っていたのです。中央で呼吸しているように見えるのは瞳孔《どうこう》、きらきら輝いているのは瞳孔を取り巻く虹彩《こうさい》です。湖はアイリーンさんの目の水晶体《すいしょうたい》でできているのです。

この目の奥に、なにがあるのか見てみたいなあ……。

でも、なんだか怖そう。

そう思って、私は虎眼石《とらめいし》のように美しい虹彩の縁に立って、この湖に飛び込んでみたい誘惑にかられています。

おーい、おーい。
湖の底から私を呼ぶ声がします。
吸い込まれたら、戻って来られるのかしら。とても不安です。
どうしよう……。
私は迷いながら、じっと立っています。

お堂のお掃除が済んで、三日間の坐禅会が終わってしまいました。
この場所から、いろんなことが始まったことを思うと、ほんとうにありがたい気持ちでいっぱいになり、観音様に手を合わせました。これが信仰の心なのかどうかわからないけれど、ずっと高い場所から見守っていてくださったように感じたからです。
アイリーンさん一行は京都旅行に出かけました。私は先生と二人で神楽坂《かぐらざか》の駅まで歩いたのですが、どうしてもやらなければいけないことがあり、地下鉄の改札で思いきって先生にお願いをしました。

「先生、私にお金を貸してくださいませんか。必ずお返ししますから」

言ってしまったあとに、返せるあてもないことを思いだし「少し、時間はかかりますが必ず」と付け加えると、先生は笑って「いいわよ、いくら必要なの？」とお財布を出しました。

「行きたいところがあるので、旅費だけあればいいのです。千葉まで行きたいのです」

先生は細かいのがないからと一万円札をくれました。こんなにはいらないのだと言っても「いいのよ、いろいろ手伝っていただいたし、おこづかいよ。とっておきなさいな」と、私の手にお札を握らせて「ちゃんと帰って来なさいよ」と、一人で改札の中に消えてしまいました。

私は飯田橋《いいだばし》まで歩きました。ちょっと遠かったけれど、一人で歩いてみたかったのです。

総武線に乗り、津田沼《つだぬま》の駅に着いたらもう暗くなっていました。路線バスの間隔は間遠《まどお》で、もったいないと思いながらもタクシーに乗りました。道順も、少しうろ覚えだったからです。それくらい長いこと、その場所に行っていなかったし、今も、行くのがとても怖いです。施設の名前を告げると運転手さんは返事もせずに発車しました。無愛想は好都合ですが、ちゃんと行く先がわかったかしらと不安になりました。

煙草を吸う人らしく、車内はひどくヤニ臭く、私はだんだん淀《よど》んだ気分になってきました。世の中にはたくさんの人がいる、良い人ばかりではないのだ、一歩外に出たら、以前と同じようにいろんな人の視線と交わっていかなければならないのだ。

料金のメーターが二回上がったところで、車は施設の前に着きました。お礼を言ってお金を払うと運転手さんは無言で、去って行きました。距離が近過ぎたから機嫌が悪かったのかもしれません。

施設の目的を知らない人が見れば「カッコいい」と思うであろう、コンクリートの打ちっ放しの建物は、名のある建築家の方が設計したそうですが、私はあまり好きではありません。

初めて来た時に「捕虜《ほりょ》収容所みたいだな」と思いました。その印象は今も同じでした。広いエントランスから中に入り、エレベーターで二階に上がると、そこが食堂になっています。ちょうど夕食の時間のようでした。本当は面会の受け付けをしなければいけないのですが、しなくても入れることを知っていました。遠くから、ひと目様子を見れればそれでいいと思いました。どうせ、私が誰かもわからないのですから。

長方形の大きな食堂のテーブルが四列に置かれていて、廊下に面した部屋のドアから続々と車イスのお年寄りが現われて、介護者に運ばれ等間隔に並べられます。屋内の壁もコンクリートの打ちっ放しで、どうして特別養護老人ホームをこんな殺風景な建物にしたのか、食事の風景も捕虜収容所のようで、私は遠くから収容者の中に母の姿を探していました。

最後にここに来たのは、手術を終えて少ししてからでした。

母の認知症は進んでいましたが、私の顔は覚えていたのです。それなのに、私は母に内緒で顔を変えてしまいました。母にうしろめたく、ばつが悪かったのです。母が認知症だからということを理由にして、番組にも無理やりに了解をとったのです。実際には、後々にめんどうなことになるからと、テレビ局のスタッフが母の承諾を取りに来たそうです。手術ができたのは母が承諾書にサインしたからなのでしょう。ディレクターの男性に「母は意味がわかったのでしょうか?」と聞いてみたら「理解していたように思う。ただ、サインしたことを覚えているかどうかはわからない」と言っていました。

母に会うのが一番怖かった。母が私の存在そのものを忘れてくれたら、私はかえって気が楽でした。認知症は親族の顔を忘れてしまう場合も多いと聞きます。身近な人の顔がわからなくなってしまうのは、若い頃の記憶のほうがよく残っているからだそうです。だったら、母も永遠に子どもの頃の私の姿だけを私として記憶に留めてくれたらいい、そう思ったのです。

顔を変えて母に会いに来た時、母は私のことがわかりませんでした。黙って近づいていくと会釈して、相変わらず、人と視線を合わせぬおどおどとした態度で「どうも」と言い、通り過ぎて行きました。介護者の方も、まるで私だと気づきませんでした。すーっと、車イスが私の脇を通り過ぎて行った時は、そのことを望んでいたにもかかわらず、背骨を抜かれたようによろけてしまいました。心のどこかでは、母は私がわかると思っていたのかもしれません。帰り道もずっと地面が揺れているような感じでした。

過去は捨てる。後悔はしない。後悔したらもう終わり。絶対に後悔してはいけなかった。だから泣いたりはしませんでした。これでいいんだって思いました。

急に、母に会いたくなったのは、アイリーンさんが「素直な良いものをもっている」と私を褒めてくれたからです。私は母から与えてもらった命に文句ばかり、不平ばかり言って、ずっと心のどこかで母を恨んできましたが、それはとても身勝手なことです。それに、私はそうやって母を恨むことで甘ったれていたのではないか。母に対して、あまりにも傲慢に振るまい、なんの感謝もしてこなかったことに気づき、いてもたってもいられなくなったのです。

プラスチックのトレイに乗った料理が運ばれてきて、食堂はざわついていました。自分で食べられる人は少なく、介護者にスプーンで口に運んでもらっています。

私はテーブルから少し離れた窓際のベンチの前に立って、母の姿を探しました。誰も私に気を留める人はいませんでした。しばらくして、車イスを押され、かつての私とそっくりの顔がやって来ました。間違いありません。母です。近づこうと思うのですが、なんだか足がすくんで動けません。会いに来ないうちにひと回り小さくなっています。両手をひじ掛けに乗せてぐったりしています。食事を喜んでいるふうではありませんでした。潑剌《はつらつ》としているとか、元気にしているとか、そんな期待はしていなかったけれど、あまりにも老いて、生気のない姿にショックを受け、長い夢から覚めたような気持ちがしました。

食事の場所は決まっているわけではないらしく、空いた場所を探しながら介護者がだんだんとこちらに車イスを押して来ます。ちょうど私の立っている場所からほど近いテーブルの端が空いたので、介護者はそこに来るつもりのようでした。どうしよう。動悸《どうき》が速くなり、足がぶるぶる震えていました。

ふっと、母が顔を上げました。居眠りから覚めたみたいにぼんやりした顔をしています。私と目が合いました。不思議な瞬間でした。母と生きた人生が頭の中を一気に駆け抜けていきます。

私は、先生に教えられた通り、ほんとうの私を母に見せるために、黙ってお辞儀をしました。私という顔ではなく、私の背後にいるという私の本性がどうか母に見えますように、と願いました。

しばらくじっと、頭を下げていました。そして、泣いていました。涙が足下にぽたぽた落ちています。お母さん。ごめんなさい。

その時、視界のなかに車イスの車輪が寄ってくるのが見え、思わず顔を上げると、目の前に母がいました。

「りん子……」

母は笑っていました。愛しそうに手を伸ばし、私の頭をそっとなでてくれました。

寺の門前のしだれ桜が満開になっていた。

いつもこの桜が咲く頃に住職と花見をするのだが、今年は花見がりん子の送別会になり、みな、なんとなくうれしいような、淋しいような気持ちで花見酒を酌《く》み交わした。

しだれ桜というのは、桜の奇形なのだそうだ。本来なら重力に逆らい枝を上に上にと伸ばしていくはずなのに、遺伝子の異常で枝が垂れてしまった。それを好んだ者がいて、品種改良されて現在に至るらしい。そのように言われて見れば、しだれ桜の姿形《すがたかたち》は幽霊のようにもの悲しく、異形《いぎょう》の者が持つ侘《わび》しさを感じてしまう。美しいが、どこか危うげで、それがまた魅力なのだが。なんとなく、りん子の姿とかぶってくるしだれ桜を見ながら、人間の人生とは面白いものだなあと感慨深かった。

りん子は、ニューヨークのアイリーンの元に行くことになった。渡航費用は私が貸すことにして、借用書にサインもさせた。私は金銭のやりとりには慎重かつ用心深いほうなので、利子は取らぬが十年以内には返済するという約束をさせた。それ以上に先だとこちらが生きているかどうかわからない。

どういうわけかアイリーンはりん子が気に入ったようだった。

「あの子は素直でいいわ。あなたも少し見習ったほうがいいかも」

と、私を茶化して笑っていた。いや。あれはかなり本心だったのかもしれない。身元引き受け人となり、道場でこき使ってくれるそうだ。さすがにりん子から「ニューヨークに行きたい」と頼まれた時は面食らったが、土下座までされて、そこまで言うのならとアイリーンに問い合わせたら、あっさりとオーケーの返事が来たのである。断わられるだろうとたかをくっていたので、少し癪《しゃく》であった。どうやら坐禅の才能は彼女のほうがあったようだ。

おっと、そんなことを言うとまたアイリーンから、

「よう子、坐禅は才能じゃないのよ。ただ坐る、素直に坐る。あなたはへ理屈をこねすぎなのだわ」

とお叱りを受けそうだ。へ理屈をこねるのも仕事のうちと思っている私の坐禅修行の道のりは遠い。ここは一つ、若い者にお先にどうぞと道をゆずっておこう。

住職も奥さんも、事の成り行きには驚いた様子だったが、かと言って「信じられない……というほどでもなかったですよ」と笑った。

「そうそう、りん子さんは、不思議ちゃんでしたからね」

細君の不思議ちゃんという言葉に、私も深く同意である。

その不思議ちゃんも、ずいぶんと元気になり、一人でニューヨークまで行くというのだから、坐禅会も無駄ではなかったというわけだ。

「りん子さん、ニューヨークはものすごく寒いのよ、日本の比じゃないのよ、だからね、絶対に冷やさないようにするのよ。あなたは冷え性なんだから」

私はりん子の荷物の中に無理やり湯たんぽを押し込んだ。だって、アメリカに湯たんぽ

があるかどうかわからない。お湯さえあれば暖が取れるこんな便利なものはない。

もう少し、この妙な娘を家に置いておきたかったと思うのは、なぜだろうか。アイリーンが言うように、この子が持って生まれた天性の素直さのせいなのか。だとすれば、それが一番良い形で花開くような人生をこれから歩んでほしいと願わずにはいられない。

成田《なりた》に向かうというりん子を、私たちはしだれ桜の下から見送った。このひと月、坐禅を続けているりん子は、いくぶん猫背が直り姿勢がよくなっている。

「ちょっとはまともな身体つきになってきたわ」

私が呟くと、細君がうんうんと頷いて応えた。

「変わりましたよ。でも、なんだかふつうの女の人になっちゃいましたね」

寺の石段を降りると、振り返ったりん子は、私たちに向かって深々とお辞儀をした。

私が教えた通りの、見事なお辞儀だった。

【参考文献】
『エブリデイ禅 今この瞬間を生きる、愛と営み』(サンガ)
シャーロット・浄光・ベック著　田中淳一訳

【初出】

本書は『FeelLove』vol.16(2012 Summer)からvol.19(2013 Summer)まで掲載されたものに、著者が新たに加筆し、全面的に再構成し、2014年3月に、小社より単行本で刊行された作品です。

JASRAC　出1614547-601

あとがき

悩みのなかに救いあり

スマホを持っていると、一日がほんとうにせわしないですね。メールにはすぐ返事をしないと申しわけない。あ、今日は○○さんの誕生日だ、メッセージを送らなくちゃ。面白そうなイベントの誘いがたくさんあり、ラインでは友達とつながりっぱなし。気がつけば、いつもせかされている感じ。楽しいけれど、ほっとする暇《ひま》がない日々。

電車に乗るとつい広告や宣伝動画に目がいきます。「ほうれい線が気になりませんか?」「お口の匂《にお》いが気になりませんか?」「薄毛が気になりだしたら……」

大きなお世話です、と思いながら、ガラス窓に映った自分の姿に目をやる。

仕事、恋愛、家族問題、年とともに悩みの種は変わるけれど、いったい人生の悩みって尽きる時があるのかしら。

テレビのニュースは未来の不安をあおるばかり。いまや情報が勝手に生活に侵入し、追いかけてくる時代。

私は、大丈夫なのかしら？

たぶん、みんなが不安を感じ、少しでも落ち着きを取り戻したいと願っているから、坐《ざ》禅《ぜん》や瞑想《めいそう》に興味をもつ人が増えているんだと思います。

私は、そうでした。ざわついた心をどうにかしたい、悩みから逃《のが》れたい。坐禅、瞑想、カウンセリング、いろんなものにすがった三十代、四十代。

この小説の主人公は三十代と四十代の二人の女性。これから人生の後半に向かっていく、一番悩み多き世代を描いてみました。若さで駆け抜けた二十代とは違い、仕事、結婚、子育て、他者との関係のなかでじっくりと自分を鍛練《たんれん》していく世代に必要なものはなんだろう、と考えて。

フランスのある雑誌の調査では、フランス人男性が最も魅力的だと感じる女性の年代は五十代だとか。すごい。いまの日本で、精神的な成熟度が女の美として評価されていると思えますか？　首をひねりますよね。

私は容貌《ようぼう》にかなりコンプレックスを持っていました。いまだって、老《ふ》けていくのを受け入れているとは言いがたいです。若い頃からほうれい線が濃いのや、一重瞼《ひとえまぶた》を気にしていました。

赤ちゃんは、まっさらな心で生まれてきます。劣等感は後天的なもの。顔は鏡に映さなければ見えないのに、女はもの心がついた頃に、周《まわ》りの人たちの反応で、自分が美人かどうかを教えられます。「まんざらでもない」と思えればかなりラッキー。

すでに高校生の頃、自分の容貌を「並の下」に設定していた私（うぬぼれ鏡を使っての判定）は、「美人はいいなあ」と心から羨《うらや》んでいました。

「目を大きくしたい」「鼻を小さくしたい」、親からいただいた顔に不満たらたらだったし、五十を過ぎてもまだ、化粧品を買うのが大好き。少しでも、美しい人と見られたいからお化粧をします。

煩悩《ぼんのう》多き人間なので苦しみも多く、それで小説など書くようになったのでしょう。私の小説の登場人物はみんな私の分身。この小説でも同じ。登場人物の劣等感は私の劣等感。なぜそんな恥ずかしいものを書くかと言えば、劣等感は、自覚することでだんだん消えていくと学んだからです。

「いくつになっても、美人になりたい」

しょうがないよね、だって美人ってすてきだもの。いるだけで周りが明るくなる。だから私も少しでもきれいでいたいのよ、と、前向きに考える。そのほうがずっと楽しく生きられます。

ふだんはこうしてなだめている劣等感ですが、ぐぐっと頭を持ちあげてくるのが、恋をしたときです。

恋が楽しいのは最初だけ。だんだん関係が深まるにつれ自分に自信がなくなり疑心暗鬼《ぎしんあんき》の闇の中。

恋愛というのは定期試験みたいなもので、「ああ、そろそろ私も落ち着いたわ」と思った頃に、いきなり始まって、「あなたはまだまだ成長途中ですよ」と教えてくれる、まことにありがたく迷惑《めいわく》なもの。しかも、女性の恋愛時におけるストレスは、男性の二倍だそうで、だから女は煩悩が深いと言われてしまうのか。まったく女は辛《つら》いよ、です。

仏教では「煩悩即菩提《ぼんのうそくぼだい》」、悩むことを通して人は成長すると教えています。できれば悩まず成長する方法を教えてほしいですが、それはどうやらないらしい。

小説の中の二人の主人公も、悩んでいます。「あれが悪い」「これが悪い」と、苦しみを人のせいにして自分の劣等感と向き合えない。だから恋もままならない。恋から友情に発展することもできるし、愛情に発展することもできます。自分と相手を等しく大切に思えれば道は開けるのに、自分の悩みで手いっぱい、余裕がない。そこには深い劣等感が根ざしています。

二人は、坐禅によって心を静めようとするのだけれど、まるで静まらない。特に作家のよう子《こ》は頭でっかちで、悟《さと》りを目指してがんばってしまい挫折《ざせつ》。対して、りん子は、坐禅の体験のなかで亡《な》くなった恋人と再会。その時、初めて「相手を愛していた」という実感に満たされます。愛されているかどうかばかり気になっていたけれど、確かに、彼のことが大好きだったんだ……と。

真実に気づいたとき、相手との絆《きずな》が結び直され、心が静まっていきます。

もし、坐禅のノウハウを知りたくてこの小説を読まれたのなら、「えっ。坐禅ってこういうものなの？」と意外に思われたでしょう。

坐禅はアメリカに渡って「ＺＥＮ」という、新しい精神調律の方法として花開きました。日本で坐禅と言えば禅寺のイメージが強いけれど、海外ではもっと自由に坐禅を楽しみ、女性のＺＥＮマスターもたくさん活躍しています。

形式を重んじる日本の仏教の坐禅よりも、アメリカ育ちの「ＺＥＮ」のほうが馴染《なじ》みやすかったという、私自身の経験をもとに本書は執筆されています。とはいえ、坐禅に臨《のぞ》む時の姿勢に関しては、村上光照禅師《むらかみこうしようぜんじ》から教えていただき、できる限り正確に記《しる》しました。

本書に登場するアイリーンというZENマスターのモデルになっているのは『エブリデイ禅　今この瞬間を生きる、愛と営み』（サンガ）の著者であるシャーロット・浄光《じようこう》・ベックさんです。この本は、女性の視点で禅の思想をわかりやすく伝えているので、より深く学びたい読者の方には、入門書としておすすめします。

初心者が、いきなり三昧《さんまい》の境地に入れるわけはなく、頭も心も最初はぐちゃぐちゃになります。そういうものですから、無心になろうと思わないで気楽にチャレンジをしてくださいね。

自分がふだん何を考えて生きているのか、次から次へとわいてくる考えを、眺《なが》めてみるだけで面白いものですよ。あんがい、身勝手なことを考えています。私はそうでした。自分のことばっかりだなあ、と気づくのは苦しいです。でも、自分を見つめて苦しいのと、わけがわからず苦しいのでは、苦しみの質が違います。

他人を恨《うら》んだり憎んだりして苦しみ続けることが一番辛い。際限がないから。自分に気づけば、少しずつ変えていけます。

坐禅は、からだ一つで始められるのがすばらしいです。

本書で描かれているのは「坐禅」という体験のほんの入り口の部分。ことばを超えた禅の体験は書くことは難しいし、書かれたものがあったとしても、それは、その人の体験です。人生が違うように、体験も一人ひとり違うものですから、自分と人を比《くら》べないで、自分の体験を信じてください。うまくいかなくても、それで大丈夫。

あなたは、あなたのままでいいんです。

田口ランディ

坐禅ガール

一〇〇字書評

切り取り線

購買動機（新聞、雑誌名を記入するか、あるいは○をつけてください）	
□（　　　　　　　　　　　　　　　）の広告を見て	
□（　　　　　　　　　　　　　　　）の書評を見て	
□ 知人のすすめで	□ タイトルに惹かれて
□ カバーが良かったから	□ 内容が面白そうだから
□ 好きな作家だから	□ 好きな分野の本だから

・最近、最も感銘を受けた作品名をお書き下さい

・あなたのお好きな作家名をお書き下さい

・その他、ご要望がありましたらお書き下さい

住所	〒				
氏名		職業		年齢	
Eメール	※携帯には配信できません	新刊情報等のメール配信を 希望する・しない			

この本の感想を、編集部までお寄せいただけたらありがたく存じます。今後の企画の参考にさせていただきます。Eメールでも結構です。

いただいた「一〇〇字書評」は、新聞・雑誌等に紹介させていただくことがあります。その場合はお礼として特製図書カードを差し上げます。

前ページの原稿用紙に書評をお書きの上、切り取り、左記までお送り下さい。宛先の住所は不要です。

なお、ご記入いただいたお名前、ご住所等は、書評紹介の事前了解、謝礼のお届けのためだけに利用し、そのほかの目的のために利用することはありません。

〒一〇一‐八七〇一
祥伝社文庫編集長　坂口芳和
電話　〇三（三二六五）二〇八〇

祥伝社ホームページの「ブックレビュー」からも、書き込めます。
http://www.shodensha.co.jp/bookreview/

祥伝社文庫

坐禅《ざぜん》ガール

平成29年1月20日　初版第1刷発行

著　者　田口《たぐち》ランディ

発行者　辻　浩明

発行所　祥伝社《しょうでんしゃ》
東京都千代田区神田神保町3-3
〒101-8701
電話　03（3265）2081（販売部）
電話　03（3265）2080（編集部）
電話　03（3265）3622（業務部）
http://www.shodensha.co.jp/
印刷所　萩原印刷
製本所　ナショナル製本
カバーフォーマットデザイン　芥 陽子

Printed in Japan ©2017, Randy Taguchi ISBN978-4-396-34278-4 C0193